真夏のバディ

吉村龍一

集英社文庫

目次

真夏のバディ

第一章　ミッシング

夏休みの半分が終わった――。

ボクはフロントガラスを見上げ、大欅で遮られた入道雲を仰ぎ見た。日陰に駐車できたのは幸運だったが、屋台撤収までにはまだ時間がある。

駐車場の奥、屋台で倉田さんがひとり接客をしている。村特産の手づくりヨーグルトは、お一人様三個までの限定販売、旅番組で取り上げられて人気に火がついた。その商品の考案者は、牧場経営者であり、町の観光戦略コーディネイターでもある父さんだった。

ボクはハンドルの上で手を組み合わせ、その光景を眺めている。知らない人相手に接客をしようなんてとんでもない。神経性頻尿という病名が下されたのは二ヶ月前のことになる。紙おむつをあててまでヨーグルトを売る勇気もない臆病者は、こうして売り場の撤去を待つしかないのだ。

木漏れ日がダッシュボードをまだらに色分けしている。いつも以上に忙しい高校最後の夏は、免許をとったことで一気に仕事の幅が広がった。たくさんの荷物を載せての配達や、父さんのかわりに隣町のＪＡまで用足しにもやらされる。明日は新しい現場での牧草刈りが始まるし、来月には第三牛舎新築の地ならしも控えている。週ごとの作業を思いながらタオルで顔を拭っていると、目の端に人影が映り込んだ。

膝でカットしたジーンズにビーチサンダル、右肩でリュックを担いだ男と目が合った。ボクとそう歳は違わない。あわてて目をそらした。かかわりたくなかった。知らない人に話しかけられるとボクは言葉がでなくなってしまう。まともに目を合わせることなどできやしない。膀胱の痛みがふいに襲ってきて、おもわず爪を噛んでいた。

目を閉じて息を止めて五つ数える。自己流の災難よけの方法だ。そっと顔を上げると、奴の姿はなかった。ほっとしたとたん、喉が渇いてきた。車を降り、自販機に向かいかけたそのとき、足が止まった。あいつだ、あいつが地面にはいつくばって自販機の下をのぞきこんでいた。

小銭でも探しているのか、と思ったが、顔を上げてこちらに目をむけてきた。ゆっくりボクをとらえている。その視線が怖くて仕方なかった。じんわりパンツが濡れていった。

後ろで呼び声がした。直売所で倉田さんが手を上げている。腿をすり合わせながら速歩きで売り場にむかった。

「終わったよ、塊太。すぐ軽トラまわして」

倉田さんは、ベニヤ看板の脚をたたむと手の甲で額を拭いた。

「すごいな、テレビの力は」

「あ、あの」

ボクは言った。「か、返すのどこ」

「センターの倉庫だよ。でな、悪いんだけど塊太ひとりで返してきてくれるか」

ボクは声をなくした。

「呼び出しくらっちまってさ、今から闘牛場に直行しなきゃならん。まかせたぞ」

「でっ、でも」

「積み込みだけは手伝うからさ」

口をとがらせかけたボクを、ひとさし指で遮った。

「板を渡すとか工夫しろよ。視察が早まったんだ。一時間後には県会議員だけでなくて署長さんもくる。なんてったって横綱の牛主だからな。さ、急ぐぞ」

倉田さんはわざと音を立て骨組みの鉄パイプをばらし始めた。

しょうがなく軽トラをまわしたボクは、ふくれっつらを隠しながら部材を荷台に積み上げていく。上がスライドガラス方式の業務用冷蔵庫は五十キロはあるだろう。車輪つきなら板で転がせもするが、ひとりで下ろすにはどうすればいいのかわからない。ぎっくり腰にはなりたくないし、応援を呼ぼうにも携帯のアドレスには家族以外誰も入っていない。

「急ごうか、もうすぐ二時だ」

倉田さんは、ボクが幼稚園の頃から家に出入りしている役場職員で、物心ついたときからのつきあいだ。倉田さんを含め、我が家には振興課や観光課の人たちの訪問が多い。一応父さんは町の名士ということになっている。

最後に冷蔵庫を荷台に載せたが、正直ふたりがかりで持ち上げるのがやっとだった。

「じゃあ二代目、あとは頼んだぞ」

それだけ言い残すと、倉田さんは公用車のバンで行ってしまった。

「あのう」

後ろから話しかけられ、思わず背筋が伸びた。

「オレでよければ手伝いましょうか？」

そこに立っていたのは、あいつだった。ボクはビーチサンダルに目を落とした。ちぎれそうな鼻緒だった。

「どうせ暇ですから」

ボクはにこにこ微笑(ほほえ)んでいる若き旅人の顔を、上目遣いに見た。

「オレ、直次郎(なおじろう)っていいます。バイトしながら旅してるんです」

「そ、そう」

ハンドルを握るボクのほうを向き、しきりに話しかけてくる。結果的に助けられたが、ボクはやはり目を合わせられなかった。心の中でありがとう、と伝えただけだった。

「く、くるぶしだいじょうぶ?」

「軽くひねっただけだから。一晩寝れば治るよ。それより爪を嚙みながら運転するのは危ないよ」

「うぃっ」

自分の癖を見とがめられたようで、頰が熱くなってきた。

さきほどセンター倉庫で転んだ直次郎は、その場にうずくまってしばらく立ち上がれなかった。冷蔵庫の取っ手がことのほか小さかったこと、アスファルトに撒かれた小石で滑ってしまったことが転倒の原因となった。親切心さえおこさなければ彼は痛い思いをすることもなかった。ボクにも体験がある。飼料置き場で転んで靭帯を伸ばしたとき、ものすごい音が響いた。そのときの痛みときたら、生きたまま串を打たれるニジマスのそれに近いかもしれない。だからこそ直次郎の具合が気にかかった。

この旅人は、旅の帰り道に運をなくしたらしかった。青森の駅で財布を盗まれ、その後バイト先で手に入れた自転車で家を目指したものの、それも昨日盗まれたという。しかし、その経過をひとごとのように話す口ぶりに悲惨さはなく、不思議な明るささえ伴っている。

「鍵をかけずに目を離したオレが間抜けなんですよ」

「あ、あぁ……」

隣町の公衆トイレで盗(と)られたという。たしかにあそこはよくゴミが捨てられていたり、プランターがひっくり返されることが多い。

「し、新ぴん?」

「えっ」

「そ、その自てんしゃ」

「いや、社長からスクラップをもらって自分で組み立てたんですよ。廃品回収業の工場で働いたから……倉庫に泊めてもらってメシも食わせてもらったから、助かりはしたかな」

直次郎は、青森での一週間を、手みじかに紹介した。盗まれなけりゃ今頃宮城にいたはずだったと、朗らかに笑い飛ばした。

「それはそうと塊太君、高校生で車の運転免許が取れるなんていい校則だね」

胸でつぶやいた。バスも鉄道もない僻地(へきち)だからね、と。

「運転できて楽しいでしょ」

「ま、まぁ、ね」

軽トラの右手には白樺(しらかば)が広がっている。梢(こずえ)のすきまから湖面が見え隠れし、遊漁券あります、の看板が通り過ぎていった。

「ワカサギ日釣り券七百円か。でもこの辺って、コンビニが一軒もないな、すげぇ不便」

ボクはすこしむっとしながらも、怪我をさせた手前、顔には出さず咳払いした。

「でも落とし物が見つかって安心したなぁ。自販機の前に落ちていて助かったよ。なんせ大切な人にもらった宝物だから」

そう言って、ポケットからペンダントトップを引き出し、指の腹で撫でてみせた。自販機の前に膝をついて探していたのは、熊の爪に銀細工を施したペンダント。親指の第一関節ほどの大きさで白い石がはめ込まれている。使い馴染んでいて、ていねいに磨かれてある。

「帰宅してからチェーンの修理に出すよ。ろうづけしてもらえば直るし」

「そ、それ、ほ、宝せき？」

「翡翠なんだって。海岸でとれたものらしい」

女の人からのプレゼント？　でもそんなぶしつけなことを訊くわけにもいかない。

直次郎は、ジーンズの中にしまい込んで鼻の頭を掻いた。

確信を得た。同性から見てもたしかに直次郎はもてそうだ。ずんぐりむっくりのボクと違って背が高く、さらさらの髪で歯も白い。話し方は明るく、人見知りもしない。アクセサリーなど縁のないボクは、その送り主を密やかに連想した。どんな彼女なのだろうか。直次郎の私生活にすこし興味が湧いてきたが、それ以上の詮索はやめておこう。

「りょ、りょ、旅ひは十分なの」

「新幹線で帰るくらいの額はあるよ。この後そうするつもりだしね。でも」

直次郎は鼻の下を擦った。「塊太君、なんか、すっげぇラッキーだと思わない？　虫の報せってやつ？　チェーンが切れるなんてめったにないことだろ。胸がわくわくしてくるね」

ボクは一瞬答えに詰まった。

「ミサンガだっけ？　あれ、切れると願いが叶うんでしょ。なんかさ、今回そんな気がするんだ」

どこまでもポジティブな奴だ。宝物をなくしかけ、足を痛めてもにっこり笑顔を見せている。ボクとは正反対だ。彼の歩んできた旅の景色は、いつも青空だったに違いない。

サイドミラーに風力発電の風車が三基映っている。あの丘全体がうちの牧場だ。ステアリングを握り直し、左の坂道にハンドルを切ったはずみに直次郎の身体が傾いだ。

「痛っ」

かがみこんで呻いた。

「だ、だいじょうぶ？」

「なんとか。あのう、塊太君。お願いがあるんですけど」

嫌な予感がした。

「湿布かなんかもらえないかな。できたらご飯をごちそうしていただければ嬉しいんだけど」

むげには断れない。できたらどこかで彼を下ろしてしまいたい、そう思っていただけに恐れていたことを切り出された。冷や汗が出てきた。

「とてもお腹が空いているんだ」

今まで友達を家に寄せたことなどはない、どうしよう。直次郎の視線が突き刺さってきた。無言の空気とあいまって耐えられなかった。

「だめ？」

「……いいよ」

「マジすか、ありがとう」

仕方ない、と思い直した。人間そのものは悪くない。言葉を交わすうち、その素直さがわかったし、なにより冷蔵庫運搬のために時間を割いてくれた。真心が心に染みたのも、また事実だ。

アクセルを踏み込んでいく。坂の上にサイロが見えてきた。父さんが独身時代にブロックを積み上げてつくった我が家の目印だ。ほどなく坂を登り切ってエンジンを切ると、直次郎が叫んだ。

「塊太君ちって、牛を飼ってるんだ！　オレ、動物好きなんだ。うわ、あんなにたくさん」

　敷地に隣接した牛舎は平屋の三角屋根で、古い電柱で組み上げられている。脇には牧草のロールが二段に野積みされていた。

　柵の中から、肩を寄せた牛たちがこちらを見ている。車を降りた直次郎はゆっくり牛に近づき、おもむろに振り向いた。

「ビロードみたいな体だね。この赤牛、なんて言う種類なの」

「にほんたんかくしゅ」

　敷き藁は糞とこねくり回されて、足形がいくつも刻印されてある。

「しかし、これだけいると壮観だな」

　隣の柵越しには、耳にタグを打たれた日本短角種が三十頭ばかりいた。牛の顔は皆同じように見える、という人がいるが、ボクにはそれがわからない。面の細さや目の離れ具合、角の張り出し角度で一目で見分けがつく。そして顔を見れば大体の性格はわかる。ボスも手下も全部わかる。

　ふいに鼻息が響いた。一頭が鳴き始めると、それに釣られたように他の牛もいななき始めた。

物陰で怒鳴り声がする。父さんが誰かと言い争っている。予定が狂っちゃうよ、とか、代わりの者をよこしてくれ、という言葉が聞き取れた。声が近づいてきたと思うと、携帯を耳に当てた父さんが柱の陰から顔を見せた。大股でこちらに歩いてきた。

「事情が事情だからしょうがないけど、あんた、ものの言い方ってあるだろうよ――あっ、切りやがった」

父さんはむっとした顔で携帯に舌打ちし、顔を上げた。ボクと直次郎を見ると、手招きをした。

「おう塊太、おかえり。さっそく手伝ってくれ、ミドリのやつ産気づいたぞ」

「うぃっ」

直次郎は、頼まれもしないのにいそいそボクの後をついてきた。

母牛の喉がいななき、天井から粉が降ってきた。

父さんがその首筋をさすりながら、声をかける。開けはなったミドリの目は白っぽく淀(よど)んでいる。歯ぎしりがした。いやいやをするたび、藁くずが舞った。

「お父さん、これは黒い牛ですね」

「黒毛和牛だよ。短角牛とは違うよ」

直次郎は父さんに話しかけていた。あまりにも砕けた口調だったが、父さんは気軽に言葉を返していた。その横でボクは突っ立っている。言われたようにロープを消毒し、いつでも手渡せるように準備をしての待機だ。直次郎は、上目遣いで出産間近の母牛を見守っている。

横たわったミドリの腹が大きく波打つ。首を上げて声を振り絞る。そのたび藁の粉がとびちった。産室の敷き藁は新しいものに替えてある。腫れ上がった乳首が固そうにとがり、痛々しい。

「破水はしたが、初産だから時間はかかるだろうな。ふたりとも気を抜くんじゃないぞ」

小さな明かり取りから漏れる、一筋の光が柵を割っていた。ミドリの腹にすりこまれた糞が白くひび割れ、呼吸の度に大きくなったり小さくなったりした。産室のかたわらに干し草のキューブがあり、ねこ車に山積みされた紫うまごやしが置かれている。土壁には錆びたフォーク二本と、どろつきのショベルがかけてあった。

ミドリがいきんだ。器官が徐々に広がっていく。ぬらぬら濡れ輝いて別の生き物のように動き始めた。中央の桃色だけが、鮮やかに目をとらえた。

「塊太、ロープ巻いとけ」

「うん」

ボクは二つこしらえた輪を重ね合わせ、巻き結びの準備をした。もうすこし脚が出てくれば、輪をぐらせ足首に結びをとる。

「そこに味噌(みそ)あるだろ。バケツの水に溶いてくれ」

父さんが指示すると、直次郎は皿の味噌をバケツに投入した。出産後母牛に与えるものだが、万が一を考えて、ペットボトルに充(み)たしたブランデーも用意してある。あまりにも難産のとき気付け薬として含ませるのだ。

「脚、出たぞおッ。ロープ！」

そろえられた脚に一本ずつロープをかけた。父さんはいきむタイミングをはかりつつ、腰を落とした。ミドリの肛門(こうもん)が開き、糞が震えながら絞り出される。湯気にまみれ、子牛の蹄(ひづめ)が露出した。驚くほどたよりなげであった。

吠(ほ)え声。一気に腹がうねった。父さんが呼吸を合わせてロープを引くと、脚、そして鼻先が押し出され敷き藁に産み落とされた。びしょ濡れの子牛はぐにゃりと体を曲げて鳴き声を上げる。へその緒が切れて肺呼吸を始めた瞬間だ。すぐに開いた瞳はどこか青く見えた。目が合った。この子牛が初めて見た光景は、のぞきこむボクの顔ということになる。

ミドリがすぐに舐(な)めにかかる。子牛は精一杯首を持ち上げ、膝をつかって立ち上がろうとした。びしょ濡れだった毛皮が乾いてきて体の輪郭が立ち上がってきた。母牛は懸命に舌を出し入れして我が子をきれいにしていく。その短い角の白が、薄暗い産室で弧を描くように揺れた。

ボクは味噌溶き水をミドリに与える。房つきの尾っぽを左右に振りながら、音を立てて鼻先を突っ込んできた。直次郎に目を遣（や）ると、緊張した面持ちでこちらを見つめていた。

古電柱の支柱のアルミプレートが、刻印を浮かせ光をはじき返している。疲れが一気にのしかかってきて、ボクは利き手で腰を叩（たた）いた。

直次郎は、口を半開きにして子牛を見つめていた。

「お父さん、オレ、感激しました。命ってすごいですね」

「直次郎君っていったっけ。ところで足は大丈夫か」

ボクは道の駅でのあらましを、かいつまんで説明していた。直次郎が夏休みの一人旅をしていること、高校一年生ということ、冷蔵庫を下ろすときに怪我をさせてしまったことを。

父さんは両膝に手を当てて頭を下げた。

「いやいや、本当にすまなかった。直次郎君、今から医者に行こうや。なんかあったら親御さんに申し訳が立たん」

「いえ、ほんとうに大丈夫ですから」

「そうしてもらわんと、こっちが困るんだよ。塊太、行くぞ」

ボクは頷きながら直次郎の肩を叩いた。父さんは三トン車に乗り込んですでにエンジンをかけていた。

医院でレントゲンを撮った結果、骨に異常がないことがわかってボクたち親子は胸を撫で下ろした。湿布をもらった帰り道、三人横並びでトラックに揺られながら父さんが言った。

「直次郎君、今日の出産を見てどう感じたかな」

「尊いものを見せていただいて、胸がいっぱいです」

「急ぐ旅なのかい」

「いえ」

父さんは、なにやら頷いてハンドルを指で叩いた。

「よかったらしばらくうちでバイトをしないか。いやな、明日から来る予定だった農業研修生が今日の今日、足を折ったらしいんだ」

ボクは、えっ、と言いたくなった。父さんの悪い癖だ。面倒見がいいのかお人好しなのかよくわからない。その申し出に、直次郎は笑いを引っ込めた。

「どうだね、直次郎君」

「なにもわかりませんが、一生懸命頑張ります。よろしくお願いします」

ボクは窓の向こうに目を遣った。山間に太陽が引き込まれていくところだった。正直言うと気詰まりな気持ちのほうが大きい。山陰に沈もうとしている夕陽が、いつになく胸に染みる。

切り開かれた山の芝地が、光を弾いていた。真夏の草いきれは、とかく勢いに充ちている。雑木林を開墾し、芝を植え付けていったのは父さんだ。

直次郎の息が荒い。こんなんで疲れたらこれから困るよ、とボクは横目を使った。今日は芝苗の植え付けなのだ。鍬で斜面に切れ込みを入れ、ひとつずつポット苗を押し込んでいく。土をかけて踵で強く押し込んで植え付けは完了する。これで根を張ってしまう野芝の生命力に、ボクは底知れぬものを感じてしまう。

足下には集落の全容が一望できるが、その箱庭はいかにもちっぽけで簡単に踏みつぶせそうだった。

待ってくれよ、と直次郎が声を喘がせる。ボクは手を止めて腕時計を見る。十時には五分早かったが、休憩、と言った。

「やった」

ボクよりも背の高い直次郎は、舌を出していた。ツナギの脇の下が濡れている。

「きっつう。塊太君、よく涼しい顔してられるね」

「な、慣れ」

切り立った斜面で、親指に体重をかけてへばりつきながら芝苗の植え付けを続けるのは、たしかにきつい。

すこし離れた所に我が家の牛たちが群れている。一生村以外の光景を見ずに生涯を終える彼らにとって、山全体が食糧庫なのだ。野芝は青々と山肌を覆い、陽の光をたくわえている。しかし、朝は朝でちがう表情を見せた。露をたっぷり含んだ葉は、生き生きと太陽を仰ぐ。野芝はとても生命力が強く、夏のやませにも耐え、そして冬は厚い雪の下で眠り続ける。その草地こそ我が家の財産だ、と父さんは言う。雑木林を伐採し、ひと山ふた山とポットを植え付けた話は、何百回も聞かされた。

家に泊まり込んで三日目、すっかり足も治った直次郎は仕事にも慣れてきた。とはいえこの急斜面はさすがにきつかったらしい。初めての人はどうも重心のかけ方を間違ってしまう。歩幅を短めにとって、前傾気味に進むのがコツだ。とはいうものの、直次郎はよく働き、自然と我が家に馴染んでいた。彼は、人の心をつかむすべを知っている。直次郎は、お父さん、お母さん、と昔から知っていたかのようにためらいなく呼んだ。

「塊太君」

「ういっ」

「こんな急勾配でも、芝、根付くの」

「あぁ」

人が二本足で歩けるところまでは大丈夫、父さんがそう言っていた。一度根を張ってしまえば、野芝の草原にはめったに雑草がはびこらない。父さんと兄さんで開拓を始めたのは今から二十年近く前、ちょうどボクが生まれた頃だ。

あつい、とつぶやいたボクに、直次郎が手をひらつかせた。

「塊太君、関東にきてみなよ。アスファルトに囲まれてこんなもんじゃないって。夜もエアコンが唸ってるんだから」

「エアコン」

この集落でエアコンを備えている家はない。夏でも夜は過ごしやすいし、いまだ三分の一が茅葺き屋根の曲がり屋だ。その昔、家畜と同居していた間取りは今もってその造りを残している。昨年新築した三軒隣の工藤さん家も、L字型間取りを守り通した。我が家の敷居を初めて跨いだ三日前の直次郎は、しきりに家の中を見回し、すげぇを連発していたのだった。

あぐらをかいたボクの横で、直次郎が腕を枕に寝ころんでいる。足下から一気に落ちくぼんだ傾斜の奥に、わずかな平地が顔をのぞかせている。そこだけに陽が当たっていた。雲の影が、ゆるやかに畑を移動していく。

直次郎は腕を伸ばしてストレッチを始めた。何かスポーツをやっていたのだろうか、上半身の筋肉がTシャツ越しでもわかる。

「いいなぁ塊太君は」

なにが？　と目で問いかけた。

「こんな天国みたいなところで健康的な暮らしができて。羨ましい」

胸が痛んだ。ここが天国？　ボクはつとめて表情を変えないように、遠くを見るふりをした。

直次郎の口笛が聞こえた。その音に胸をかき乱された。心の中のマーブル模様が乱れ始める。眼下に目を遣れば、全校生徒二十人にも満たない小学校の赤屋根が、十字に光を弾いていた。ボクはあそこでいつもひとりぼっちだった。主張が通らないと机の端をつかんでガタガタ揺らす癖のあるボクは、お客様扱いだった。

直次郎が顔を覗き込んできた。

「塊太君の将来は牧場主だろ。こんな雄大な景色の中で牛と暮らせるなんてロマンがあるじゃないか」

「うっ、うっ、うるさい！」

ボクは声を荒らげていた。その様子に直次郎の背筋が伸びる。

「……オレ、変なこと言ったかな」

じんわりパンツが濡れてくる。膀胱がしめつけられ、耐えられなくなった。急いでズボンを下ろそうとする。ボクは、いちいちパンツを膝まで下ろさないとおしっこができない。慌てればあわてるほど指がもたつく。そのうちこらえきれなくなって漏らしてしまった。熱い液体が勢いよく内腿（うちもも）を伝わっていった。ボクは、どうしていいかわからなくなり、ういっ、ういっ、としゃくり上げた。

「か、塊太君」

よせ、顔を見ようとするな。こんな人生を、羨ましいなどと美化されるのはごめんだ。なにもかも切り裂きたかった。全て（すべ）のものに火をつけたくなった。

君はいいよなぁ！　自由に旅を楽しむことができてさ。こちとら毎日家の手伝いで一生この谷底から逃れられないんだぜ。ロマンだって？　冗談じゃない。

「あやまるよ……。この通り」

直次郎の声が背中で響く。心底腹がたっていた。ボクがこの世で一番嫌いなものは言うまでもない。牛だ。そう、牛が大嫌いなのだ。

山でのやりとりから一晩明けた朝、洗面所で鉢合わせた直次郎はおはよう、と話しかけてきた。その目を見た瞬間、ボクは視線をそらしてしまった。後悔が胸を灼く。漏らした自分が恥ずかしかったし、厭（いや）な思いをさせたことが引っかかっていた。昨日の強烈な気まずさがよみがえった。

「今日も天気がいいね、塊太君」

弾む声がふってきた。おそるおそる上げた顔の先で、目尻の下がった笑顔を見た。こいつのミッションにはバックギアがないのか？　オートバイのように前進しかできない性格なのだろう。悩みを溶け込ませる海を、ボクもほしいと思った。

「ミドリの子牛も秒速で成長するよね。もうはね回ってるじゃん」

「うぃっ」

ボクは顔をそむけたまま、やっと答えた。本当はしゃべりたくなかった。昨日の件がしつこく尾をひいている。

それからふたりで、山に行った。牧草地の掃除刈りは、牛の嫌う雑草を刈っていく作業だ。牛の嫌う雑草数種類を放置しておけばそのうち野芝が駆逐されてしまう。何も分からない直次郎は次々と質問してきた。

「使い方、さ、さっき教えたとおり。チョークを引いたらすぐもどす。プ、プラグかぶっちまうから」

草刈機を指さしながら指示を出す。答えるうちに、ボクは直次郎のペースに飲み込まれていった。

スパイクつき長靴の爪先に力を入れる。油断すればひっくり返ってしまいそうだ。ハーネスをつけ、草刈機をセットしてエンジンに火を入れた。レバーを一定に調整しながら右から左に払う。上半身全体で機械の重みを支えながら、刃を操る。

直次郎もさまになってきた。やっていくうちコツがわかってきたのだろう。斜面に平行に刃を移動させ、地面を擦らなければよい。刃に石が当たらないように作業を進めていった。切り口から漂う、ほんのり甘い草の汁の匂い。汗が目に入りそうになる。

午前中一杯汗を流し、早上がりで軽トラに乗り込んだ。

下り坂をやりすごすと、神社への上り坂が迫ってきた。ボクは慎重にハンドルをさばいていった。

タイヤが空転し、リアが取られそうになる。尻を振る荷台をルームミラーに睨み、だましながらあやつった。

ニュートラル、とっさにサイドブレーキを引き、レバーを4WDにたたき込む。クラッチを繋ぐと、一気に動力が伝わった。固い斜面で一時停止していた軽トラは、何事もなかったかのように坂を登っていった。

荷台で草刈機がぶつかりあう。後ろを振り返りながら、コンテナの二リットル缶が倒れないか確認した。ゴムロープで固定してあるというものの、燃料がこぼれればやっかいなことになる。控えめにアクセルを踏んでいった。

運転だけは自信がある。直次郎が尊敬の面持ちでこちらを見ているのが心地いい。ついハンドルを握る手にも力が入る。

未舗装の道路ではスリップに対処するためゆるめにハンドルを握る。緩急をつけたアクセルワークで両側から突きだした枝に気を配る。獣道にしか見えない一本道を、ボクは躊躇（ちゅうちょ）なく突き進んでいく。万が一対向車が来れば相当やっかいなことになる。毎日のようにこの愛車を駆って山と里を往復すれば、いやでも運転は上達するのだ。

相棒の白ボディは艶（つや）を失い、タイヤハウスの周囲まで錆がまわっている。水垢（みずあか）は雨だれの形で固着してしまっている。そんなおんぼろを下駄（げた）がわりにして、ボクは中二からこの道を往復していた。

直次郎はバウンドの度声を上げながら、とても楽しげに笑っている。そんな明るさは、どこからくるのだろうか。ボクはハンドルを握る手に力を込めた。

人間、必要に迫られればたいがいのことはこなしてしまう。こんな急斜面を草刈機をかついで登るのはきつい。山の放牧地に行くにはこれ以外の経路はなく、酪農家跡取りのボクが、中学生から軽トラを運転するのは生活の一部だった。

「しかし運転うまいね、とても免許取り立てには見えない。塊太君、このあと神社だよね。お祭りが近いの？」

「うぃっ」

「オレの地元じゃ祭りなんてないよ。だからとても興味がある」

直次郎は気さくに話しかけてくる。ほがらかな声に、ボクの心は少しずつこわばりをほぐされていた。今までこんな風にわけへだてなく接されたことはなかった。直次郎は不思議な奴だ。関東から旅行で東北をまわっていたこと、ボクのふたつ歳下ということくらいしか知らない。どんな家庭で育ち、どんな友達に囲まれているのだろうか。ボクはもっと直次郎のことを知りたいと思った。

ボクは思い切って言った。

「今日、パ、パイプをく、くむ」

「あぁ、鉄パイプ？　やぐらかなんかをつくるんだね」

「そ」

境内（けいだい）に足場パイプを組むのは青年団の仕事、その予備軍である高校生は、紅白幕を張ったりお花紙（はながみ）の造花でかざりつけをする。その舞台で行われるのど自慢大会は、村民が楽しみにしている一大イベントだった。しかし、祭りという響きに相反して、ボクの心はちっとも弾んでいなかった。

軽トラがいよいよ息を弾ませる。二速のギアが甲高く鳴いたがアクセルはゆるめない。そのときふいに黒いものが目の前を横切った。蟬（せみ）だ、ボクの大嫌いな虫が暴れながら飛び込んできたのだった。悲鳴を上げかけたそのとき、直次郎がすばやく払いのけた。蟬は短く鳴きながら窓から出ていく。ボクは大きく息を吐いてスピードを戻していった。二十分ほどで石の鳥居が見えてきた。ボクたちは車から降りて石段を上がり始める。

「ところで、準備の高校生って何人くらいいるの」

ボクは左手でピースサインをこしらえた。

「まさかふたり？」

「あ、あの――」

ボクは言葉を出しあぐねていた。もしかすると直次郎は救いの神になってくれるかもしれない。ふたつ返事でこの窮地から引き上げてくれるかもしれない。こいつの行動力に賭けてみよう。ボクは気づいている。直次郎がいなければ祭りが台無しになることを。

唾を飲み込んだ。いつもより瞬(まばた)きを多くして、大きく一歩踏み込んだ。

「ほ、本番で漏らさないよう、フォローしてほしい」

「漏らす？　何の話？　いきなり言われても全然わかんないよ」

首をかしげる直次郎は、もう歯を見せていなかった。

「く、くわしいことは夜」

ボクは黙って歩き出す。靴底のスパイクがジャリジャリ大谷石に噛みつく。直次郎はそれ以上質問してこなかった。ボクの目を読み取って素早く口をつぐんだ。

いい匂いが漂ってきた。小指ほどの小さな細長い花が、満開に咲き誇ってボクたちを見下ろしている。スイカズラだ。甘い匂いがふんわり心をくすぐってきた。

二つの靴音が交差しながら石段に響く。その音は心の内側にこもって、いつまでも心を叩き続ける——。

二ヶ月前。ボクは、父さんに連れられて隣町の新宮医院にいた。

白髪頭の院長兼レントゲン技師は、話を聞いただけで診断を打ち切った。

「その病状は、気のせいでしょう」

そこでは処方箋さえもらえなかった。スポーツや読書に打ち込んで気分転換をしてください。そんなことは医者でなくても誰でも言える。たいしたセンセイだよ、お前。玄関を出るとき、冷たそうな金縁眼鏡を思い出して門柱に唾を吐いた。

父さんに頼み込み、その足で盛岡に向かってもらった。途中コンビニで止まり、電話帳で泌尿器科を探して電話をかけた。

残尿感を持てあまし、いつもトイレの心配をしている高校生など全国にそうはいまい。十分おきにトイレに行きたくなるのはやはり異常だし、実際授業にも支障が出ていた。何度も席を立つボクに、露骨な嫌みを投げかける先生に気をつかい、次第に猫背になる始末だった。理由はわからない。トイレに行ったと思えばまた行きたくなる。とはいうものの、実際便器に立ち向かってもちょろちょろ滴が垂れる程度。病気にかかったのではないか。そんな不安は胸を圧迫していった。

二軒目の泌尿器科に望みを託すしかなかった。地図を片手に到着し、目を伏せながら順番を待った。大きな窓の待合室にはポトスライムがたくさん飾られており、受付の対応もすごく丁寧だった。門柱に唾を吐くことがないように祈った。

　頭を刈り込んだ、一見格闘家風の若い先生はやさしく話を聞き、丁寧な検査を施してくれた。エコーをつかって膀胱をスキャンし、尿検査で成分を分析したがどこにも異常は見つからなかった。

「最近増えているんですよねぇ、とくにサラリーマンに」

「そ、そうなんですか」

「ええ。月曜になるとトイレが近くなって仕方がない、そんな症状が多くなっていてね」

「なっ、治りますか」

「心配ないですよ、ご安心なさい。すこし心が疲れて自律神経がまいっているんだ。さぞかし辛いでしょう、ぐっすり眠れて心がほぐれる薬を処方しますからね。とりあえず、一週間分出しておきましょうか」

　先生はブラインドタッチでキーボードを操作し、パソコンをあやつった。ボクは救われた気分で、青白いスクリーンに息を吐き出した。

　帰りの車中、カーラジオから篠崎晴男の歌が流れてきた。パーソナリティーである彼が、日がわりでヒット曲を歌うコーナーだった。父さんがボリュームを大きくする。何気なく一緒に歌うと父さんは黙り込んだ。気にも留めずボクは歌い続ける。さっき一錠服(の)んだせいか落ち着いた感じがした。

篠崎は、女心の切なさ、来ぬ人を待ちわびる哀愁を、語尾をねっとり上げながら歌い上げる。裏声を交えながら口ずさんだ。

歌い終えたと同時に父さんが訊いてきた。

「お前、そんなに歌うまかったか」

「え」

「いや、似てたわ。三浦豊(みうらゆたか)とハニーエンジェルス、最高だったぞ」

その言葉が信じられずに、ボクは呆然(ぼうぜん)としていた。社交家の兄貴とは違い、人前で意見を言うのが大の苦手で、目立つことも嫌いときている。集合写真を撮るときは必ず後ろに回り、学芸会では常に木の役。気の利いたことの喋(しゃべ)れぬボクの声が、歌が、父さんの気をひいたことが信じられなかった。

「似てた?」

「かなりな」

父さんとの会話を弾ませたその出来事は、このうえない自信となってことあるごとにボクの胸を高鳴らせた。その日以来、父さんの助手席に乗るときは、いつも歌うようになった。

——不眠の原因は、今もってはっきりはしない。三年生のゴールデンウィークあたりから、眠りが浅くなっていた。どんなに牧草を運んだり草刈機を振り回したりしても、夜になると目が冴(さ)えて眠れなくなる。布団の中で寝返りを打ち続け、日付が変わってもまどろみさえしない。ようやく丑三(うしみ)つ時に眠くなってくるという有様だった。それでも五時間は眠れたからなんということはなかった。

　そんなときの慰めはラジオだ。いっそ眠れないのなら生放送で気を紛らわせようとした。兄貴の使っていた、えらく年代物の箱型ラジオを納屋から引っ張り出し、ベッド真横に備え付けた。これなら寝ながら聴けるし、眠気がやってきたらスイッチを切ればいい。耳だけで楽しめるから目も疲れない。暗がりの中で周波数を合わせ、スピーカーからの声に耳を澄ませるのが、いつしか日課となった。

　ボクはＩＢＣ岩手放送のアナウンサー、篠崎晴男の話しぶりに心を揺さぶられていった。彼は方言を交えながら、リスナーの葉書をおもしろおかしく紹介した。中でもお気に入りは、一昔前の歌謡曲を紹介するコーナーだった。もともと東京で劇団員をしていたが、その多才ぶりに地元ラジオ局に引き抜かれ、地元ネタを毎晩連発している。葉書の投書という、昔ながらの手法で番組を作り上げていくやり方が新鮮だった。投書を読み上げる声は適度に低く、甘い。岩手県ではご当地アイドル並みの人気を博していた。

歌謡曲コーナーでは、彼自身が自慢の喉を披露した。ボクにとって、四十年以上前のムード歌謡曲は未知のジャンルそのもので、吹き出しそうなほどしらじらしい歌詞に笑いを堪えた。が、鼻にかかるビブラートを多用し、切なげにスピーカーを揺らす篠崎晴男に、毎晩声援を送ることとあいなった。夜になると俄然感度のよくなる受信の不思議が、ボクの好奇心をますます深いものに変えた。リスナーという言葉を知ったのも、この番組だった。

ボクは深夜放送という楽しみを獲得した。しかし、体調はいっこうによくならず、ほとほと困り果てていた。睡眠障害だけならましだったが、どうしたわけかトイレが極端に近くなってしまった。そんなとき盛岡の専門医院に巡り会い、その日以来投薬治療を続け、今に至っている。

＊

もしかしたら塊太君は牛を自分とダブらせていたのではないか。そんな思いがオレの胸に淀んでいた。

普段あれほど温厚な性格なのに、あのときの顔つきはただごとじゃなかった。さすがのオレも胆を冷やした。うかつに口を滑らせた後悔が重く心にのしかかった。人は誰しもが秘密、いや、傷を抱えている。それを暴かれて辱められるのは本当につらいことだ。

オレ自身身をもって経験していたこともあって、心の底から反省した。開けてはならない塊太君のドアを、不用意にこじ開けるのは最初で最後だ。

雄大な自然の中で牛と暮らせる。その一言が起爆スイッチだったことはほぼ間違いない。あくまでもオレの感情だけのものいいだった。二十年近くこの山村で暮らし続けてきた塊太君にとって、その一言はさぞ胸をえぐったことだろう。

この北川ファームにたどりつく前、おもむくままに一人旅を堪能してきたオレは、放牧された牛を見て気が高ぶっていた。だからそんな台詞を吐いたのだ。

日本短角種たちの目には怒りも憎しみもない。もっとも塊太君に言わせれば、喜怒哀楽は一目でわかるというのだが、オレには読み取ることはできない。これが犬だったら、一発で胸のうちがわかるのだが。

牧場にお世話になって五日が過ぎていた。仕事は盛りだくさんだったが、居心地は悪くなかった。塊太君は面倒見のいい父親と、料理上手な母親との三人で暮らしていた。

塊太君って一人っ子なの？　とあるとき質問してみた。

「よ、四人家族だよ、本当は」

「本当は？」

「兄貴、大学」

塊太君はすこし早口で話を切り上げた。畜産学科にでも入って将来の勉強をしているのだろう。

酪農家の厳しさにオレは触れた気がした。のどかでいいな、のんびりしてるな、という印象は間違いだった。兄さんは実地研修に励んでいるのだろう。塊太君もまた、中学時代から軽トラを運転して牧場に通っている。子供の頃から当然のように家の仕事を手伝い、将来を期待されている立場の彼に、オレのむけた言葉の棘はどれほど深く突き刺さったのだろうか。

はっきりわかった。塊太君は家業を嫌っているのだ。峠を隔てた高校に原付で通いながら、集落を疎んじているのだ。夕闇にとっぷり包まれた夜の谷間で、オレの知らぬ重しにあえいでいたのかもしれない。

それは塊太君の動作や表情を見てあきらかになった。知り合って数日経つのに、オレはまだ名前を呼んでもらっていない。まだまだ心を開いてくれていない。会話にしても単語をつなげているだけで、ようやっと意思疎通ができる程度だ。一番驚いたのは、おとといの夕食の時だった。メニューは冷麵だったが、オレにだけ五皿並んだ。昼休みのとき、塊太君が〈冷麵は好きか〉と訊いてきた。オレは冗談で五人前はぺろりといける、と答えてしまった。たまに夕食をつくるという塊太君は、オレの言葉を額面通り受けとったのだ。

彼とつきあうにはコツがいるように思える。

オレは塊太君の暮らす村のことをじっくり考えてみた。一生この村で暮らしたいか、そう問われれば微妙な問題だ。今は旅行者として珍しがっているが、雪が降って家々が埋まってしまえばどう思うか。オレにとっての雪とは、移植ベラでようやっとかき集める、おにぎり大の雪だるまでしかない。お父さんの話によれば、この村では一晩で一メートル近く積もることも珍しくはないそうだ。スコップを使って雪かきをするという作業は、いくら頭をひねっても想像できなかった。

オレは塊太君の心に寄り添いたかった。頼みがあるんだ、と瞬きもせずに見つめてきた瞳には、縋(すが)るような光が浮かんでいた。

〈ほ、本番で漏らさないよう、フォローしてほしい〉

その意味はまるでわからなかった。ステージの紅白幕を張っている最中も、看板を取り付けている最中も、それ以上のことは言及しなかった。

帰宅後、ようやく打ち明けてくれたとき日付はすでに変わっていた。

オレが与えられた六畳間は、壁一枚を隔てて塊太君の隣だった。襖(ふすま)をノックする音がした。布団から半身を起こしたのと、麦茶入りのグラスを両手にした塊太君が足で襖を開けたのは同時だった。

そこから打ち明けられた話は、塊太君の病気のことだった。心因性の頻尿。十分に一度トイレに立たねばならないのは確かにつらい。盛岡の専門医院に定期的に通院し、処方された薬を服用している塊太君の第一印象は、なぜこのひとは目を合わせて話さないのか、という一点につきた。第一印象はよくなかった。どこか人を拒むようなそぶりが見え隠れした。

「つ、通院してくすりでちょうせいしてる」

「話はわかった。で、オレはなにをすればいい」

「ま、祭りの舞台を助けてほしい」

塊太君は自分に課せられた、伝統行事の役回りについて説明を始めた。のど自慢大会のステージで、代々高校生がプログラムめくりを仰せつかるという。袖幕に立てられている、めくり台。落語の袖でよく見かけるアレだ。

代々村では高校生がその役を担い、卒業後青年団に入団するならわしがあるという。村に居住する若者で、青年団に所属しない者はひとりもいないらしい。

いわば入団前のお披露目なのだろうが、その仕事を引き受けざるを得ない塊太君の悩みが、話を聞いて理解できた。

「具体的にはどうすればいいの」

「そ、それはね」

塊太君は無言で押し入れを開け、何かを取り出した。

「こ、これだよ、ひみつ兵器」

差し出されたのは、プラスチック製の玩具のマイクだった。剝げかけた金メッキが、蛍光灯の下で光を弾いた。

「優勝ごっこ、頼む、優勝ごっこ」

オレは身を乗り出していた。真剣な目を見て、その方法こそが、塊太君の不安を掻き消す唯一のものということだけはわかったのだ。

ライトの照明が、袖幕まで射し込んでいる。

身を潜ませながら、オレたちは出番を待ちかまえている。糊の効いたワイシャツと、不相応にデカい蝶ネクタイが、衣装だった。いまどきこんな格好はコントでしかお目にかかれない。でも目立つにはこれが一番だ。オレは、必死に抵抗する塊太君に無理矢理蝶ネクタイをさせた。

舞台では歓声が上がり、カラオケの伴奏が最大音量で響いている。黄色く漏れるステージライトが、ちらちら蠢いて緊張が滲んできた。袖幕越しに、コードを握って熱唱するおじいさんの禿頭が見える。その後頭部は色とりどりの聴衆に囲まれながら、必要以上に光を放っていた。これまでの出場者はさまざまだった。着物姿で扇子片手に日本舞踊を披露するおばさんがいたり、エレキギターを奏でるおじさんもいた。その様子はまさにお楽しみ演芸大会そのものだ。

塊太君が耳打ちをしてきた。

「……頼む、またアレやって」

「オッケー」

マイクを持つしぐさをして、オレは話を始めた。

「さぁ、いよいよ審査の結果がでました。全日本歌謡選手権、ここさいたまスーパーアリーナは二万五千人の熱気であふれています。歌い終わった選手は十名、さて栄光は誰に輝くのでしょうか。発表します！　ドロロロロ……」

オレは上顎に舌先をつけたり離したりしながらドラムロールを真似る。塊太君は両手を組み合わせきつく目をつぶる。審査結果を待ちあぐねる選手の姿そのものだ。

「十二番、優勝は〈ラブユー赤坂〉を歌った北川塊太さんです」

塊太君が目をあけて拳を高々と振り上げた。満面の笑みだ。

「さぁ、北川さん、真ん中へどうぞ。優勝のお気持ちをお聞かせください」

「いやぁ、信じられません。夢のようです」

「夢じゃないですよ、全国から選ばれた選手の中での優勝です。どうでした、今日の調子は」

「はい、想いをこめて全力で歌い切れました。その心が皆さんに伝わったのだとしたら、これほど嬉しいことはありません。最高です」

何度も交わされた優勝ごっこ、ヒーローインタビューだ。オレもすっかりインタビュアー役が馴染んでいた。聞くところによると、かつてお兄さんとよくやっていた遊びなのだという。歳の離れた長男は、塊太君をオリンピックの優勝者に見立ててヒーローインタビューを繰り返してくれたらしい。〈一等賞は北川塊太君です〉と飽きることなく相手をつとめてくれた。

不思議なことに、塊太君はマイクを手にすると会話がなめらかになるのだった。普段の会話のようにつっかえないし、逆に生き生きとアドリブを飛ばしてくる。その〈優勝ごっこ〉につきあううち、オレはとんでもないことに気づいた。塊太くんの地声の、響きの良さだ。どもっているときは全然わからないが、マイクを握ったとたん声に張りがともる。得意な歌はないの、と水を向けるといきなりムード歌謡を歌い出した。その声量に、おもわず麦茶をこぼしたほどだった。オレはびっくりしながら進言した。絶対のど自慢大会にでるべきだと。そうすれば間違いなく彼女ができるはずだと真顔で迫った。彼女、と聞いたとたん塊太君の目が宙をさまよった。きくところによると、その祭りは県下でもそうとう有名らしく、多くの観光客でにぎわうのだという。当然若い女性もたくさん訪れているはずだ。オレは塊太君をのせるためにとにかくとうとうとまくし立てた。

「塊太君、絶対女の子からファンレターがもらえるよ」

「フッ、ファンレター！」

「オレが保証するさ。その喉を隠しておくのは宝の持ち腐れだよ。塊太君はペガサスになる存在なんだ、今その時がやってきたんだ」

そう言い切ると、塊太君が目をこすりだした。泣き出してしまったのだ。オレの言葉に激しく反応し、袖で目を拭い続けた。

一度胆（はら）が決まるとあとは歌の練習になだれ込んだ。牧場の仕事が終わり、夕食をすませると納屋に行ってボイストレーニングに励んだ。恐ろしいことに、塊太君の息継ぎやビブラートは、オレの想像をはるかに超えていた。手ごたえを感じたオレは、青年団長のもとを訪れ、めくり台係ではなく、出場者として舞台に立つ許可を勝ちとった。その報せを聞いた塊太君はとまどいと希望を同時に顔に滲ませた。もちろんオレにも不安はあったが、マイクを手にした塊太君はなにかに取り憑（つ）かれたかのように人格が変わるのだ。役者が演技に没頭するあまり、本当に役になり切ってしまうように――。

アナウンスが聞こえてきた。

塊太君の名が呼ばれている。

「大丈夫、絶対うまくいくから」

「ういっ」

スポットライトの海に飛び出していくワイシャツの背が、まばゆく目の中で弾けあがる。

前奏が流れてゆく。ハニーエンジェルス〈ラブユー赤坂〉がいよいよ始まった。

甘い低音が響くと、これまでざわついていた聴衆がいっせいに押し黙った。缶ビールを握った手を宙に止めて壇上に目をむけている人々が袖幕から見下ろせた。

塊太君は身じろぎもせず歌っていく。声量があるせいか、マイクを離し気味にしての音量調節だ。自分の声の威力が多くの人の無駄口をなくすことを彼は知っている。紅白幕がスポットライトに燃え上がり、一番が終わった。間奏のサックスがけだるく間をつなぐ。塊太君は自分のペースをつかんだようで、世界を作り上げつつあった。マイクのコードを左手に持ちながら、顎でカウントをとり、目を閉じて瞑想じみた表情を浮かべている。口元に浮かんだ笑みは、余裕のあらわれか。

間奏を経て二番に繋げると、いっそう力がみなぎってきた。声の震わせ方といい、かすれさせ方といい未成年には思えない。がんばれ、やり遂げてくれ。握った手に汗が滲みゆく。塊太君の歌に一番引き寄せられていたのはどうやらオレだったようだ。

うわべの恋の寂しさは　酔うたびごとに強くなる

思い出隠して笑っていても　心の痛みは隠せない

あぁ　あぁ

辛くはないのよこの恋は
せめても一度抱きしめて
熱いあなたの温もりを

会場全ての目が塊太君に注がれている。さきイカをくわえたまま立ち上がっている聴衆もいた。空気が止まったのは決して幻などではない。今、何かがここに舞い降りたのだ。

声を振り絞る。ラストに向かって喉を開け放つ。のけぞる顎の先で汗が散り、曲が終わった。

静まりかえった舞台、直立した塊太君を見た。誰かが拍手をした。それをしおに、一斉に嵐が沸き起こった。

蝶ネクタイの高校三年生は、微動だにせず、空を見つめ続けている。目には何が映っているのだろうか。星か、それともその先の何かか。渦の中で立ちつくす横顔には、確かな自信がみなぎっていた。

「最高だったよ、あのステージ」

オレは昨夜の興奮を反芻しながら、向かいの塊太君に話しかけた。

「大喝采だったじゃない」

「そ、そうかな」

電車はゆっくり田園地帯を進んでいく。車窓の外に広がるのは若緑一色の水田と、その奥にそびえる山並みだった。

光がおだやかに照っていく。いくら手を伸ばしてもやはり雲はつかめそうにない。夏盛りの畦道(あぜみち)で、魚獲(と)りの子供らが網を水路でかきまわしている。ああ、空が目に染みる。

一晩あけたオレたちは、ふたり連れ立って盛岡へむかっていた。月に一度の通院は、鉄道を使うことにしているらしい。

「歌手になったほうがいいかも、マジで」

「優勝ごっこのおかげ」

「あ」

オレは膝を叩き、言った。「だったらほら、出番前に薬を服んだらいいんじゃないの？　そうすればリラックスできるんだろ」

「あ、あのな」

塊太君は哀(かな)しげに首をふった。「ふ、副作用で眠くなる。歌どころじゃない」

「そりゃまずいわな」

と答えながら、腕を組んだ。もしオレが専属マネージャーになって本番前に優勝ごっこをすれば不可能な話ではない。青春を地方巡業にかけるのも面白そうだ。

「ねぇねぇ、も、もったいなかったね」

「え、なんの話」

「マウンテンバイク」

「あぁ、あれね」

塊太君の会話にも慣れていた。前触れもなくまったく違う話題に飛んでしまう。おそらく頭の中で勝手にスイッチが切り替わるのだろうが、ようやくそれにも慣れてきた。

オレは、盗られてしまった愛車を、ありありと思い出した。もとはスクラップの寄せ集めだが、フレームにサンダーをかけて塗装し、パンクしていないタイヤに組み替えた。変速機には油を噴き、チェーンは一度灯油につけて洗った。固まったグリスを完全に落とし、ハンドルを磨き上げてライト球を交換すると、新品と見紛うほどの出来栄えだった。出来がよかっただけに、盗まれた直後は腑抜けになった。

「マ、マウンテンバイク、惜しいね」

「ほんとだね」

窓枠に頬杖をつく塊太君は、穏やかな笑みを浮かべている。昨日のステージで塊太君の得たものは大きかったはずだ。小太りながら奇跡の喉を隠し持つ男は、一気に聴衆の心を鷲掴みにした。その瞬間オレの胸を突き抜けていった熱風は、すさまじいものだった。塊太君の引き出しにはとてつもないなにかが隠されている。オレは自分の嗅覚を信じたくなった。その扉を開けることに猛烈な興味を抱き始めていた。あの喉の魅力を、さらに磨きたい――。

「し、診察が終わったらフェザン行こう」

「それって喫茶店かなにか?」

「駅ビル、お薦め」

「オッケー。楽しみだ」

駅に着き、西口に降りた。医院は徒歩五分の位置にあり、そこで診察を受け、薬局で薬を処方された。あっけないほど時間がかからなかった。塊太君は歩きながら駅ビルを指さして、東口とだけ言った。

案内された先は駅ビル内のテナントだ。入るや否や、手書きポップに目を奪われた。葉書大から大判用紙まで、大きさはさまざまだ。ほとんどが手書きのイラストつきで店員の熱気が伝わってくる。ペイントマーカーやポスターカラーで書かれた用紙が、通路両脇にあふれかえっている。

その通路はお客たちでふさがれている。それぞれ熱心に小説を手に取っている。文芸書の品揃え(しなぞろ)が極端に多いのがこの店の特徴らしい。

レジの前には十人以上の列ができていた。対応する店員は手際よくカバーをかけ、笑顔でさばいている。本を胸に抱え、店を出るお客もどこか急ぎ足だ。たしかな心のふれあいがそこにはあった。

「塊太君、すごい本屋だね」

「だろ」

文庫本のワゴンに、制服姿の男子高校生たちが群がっている。新人作家のコーナーを前に感想を述べ合っている。店内を見渡すと、客同士がお気に入りの作品を手にとって情報交換を繰り広げている。この本はなかなかいいですよ、こっちもお薦めですよ。そんな話の内容が聞こえてきた。

胸に温かいものが広がってきた。中学時代のオレがもしこの書店を知っていたら、少しは救われたかもしれない。あの頃の居場所は保健室と図書館しかなかった。教室に足を踏み入れるのが怖かった。オレは半分不登校のようになって、かろうじて保健室に居場所を求めていたのだった。ケルアックの〈路上〉をいつも持ち歩いていた。誰とも口をききたくなかったし、家にも帰りたくなかった。顔を合わせれば喧嘩ばかりしている両親の下で、オレは耳をふさぎ、嚙まずに飯を流し込んだ。そんな暮らしの中、本だけが友達だった。

そうした辛さを思い出すにつけ、なんで塊太君と話が合うのかやっと気づいた。

「塊太君、ほんとうにすごい本屋だね」

「うぃっ」

道の駅で塊太君に声をかけたわけを、オレはうすうすわかっていた。目が合ったときの〈草食獣〉の印象、それはオレ自身の姿だった。曇り空の心を抱え、誰にも打ち明けられぬ悩みに鬱々としていた。オレたちは群れることのできぬ草食獣かもしれない。お互いはぐれ者同士、塊太君の闇がオレにはわかる。無言の怯え(おび)は言葉に出さずとも掬い(すく)取れる。

だから昨日のステージで彼を見直した。磨けばこの原石はまだまだ光るはずだ、その開花を見届けてみたい。歌手になったらいい、その提案は単純な思いつきではなかった。塊太君も、自分の両肩に生えた翼の存在を感じ始めたはずだ。あとは飛び方を覚えればいいだけのこと。オレは伴走者として、ずっと一緒に歩いていきたい。そう言い切らせる魅力が、彼の歌には滲んでいた。

塊太君は、相当な決心をして秘密を教えてくれた。吃音(きつおん)と頻尿をものともせず、見事にステージで自分を表現した。自信をつけた彼に、オレはお返しがしたくなっていた。自分の大好きなもの、夢中になれるものを是が非でも教えたくなった。

考えを巡らせた。

「塊太君、このへんにビデオショップないかな」

「え、駅からは離れている」

「紹介したいＤＶＤがあるんだ。アニメなんだけど」

「じゃ、そこ」

塊太君は窓を指さした。

「ほら、あ、あの黄色い看板のビル」

「あそこってアニメショップ？　ね、行ってみようよ」

「うぃっ」

店を出た。オレの胸は高鳴っていた。大好きなアニメがひとつだけあった。塊太君をせかすように足を速め、交差点を駆けた。入り口にはイラスト看板が掲げられていた。狭い階段を上がると、ぎっしり陳列されたコミックの棚が出迎えてくれた。グッズやコスプレ衣装が並べられた店内は、各ジャンルごとに区分けがされている。嗅覚を研ぎ澄ませ、見当をつける。美少女アニメや恋愛シミュレーションものは興味の外だ。オレはガラス張りのショーケースを見つけて走り寄った。

あった。はたしてお目当てのキャラクター、空条承太郎（くうじょうじょうたろう）はフィギュアとなってそこに並んでいた。

「塊太君、オレはこの承太郎に助けられたんだよ！」

フィギュアを指さし、小さく叫んでいた。学ランと学帽をつけた承太郎は、二本のベルトをしめて拳を振り上げていた。詰め襟に鎖をつけているのが特徴だが、その鎖が空中でSの字に静止しているのも芸が細かい。

「よ、四千九百五十円」

「承太郎は周囲から不良のレッテルを貼られて暴力事件を起こしているんだけど、本当はいい奴なんだ。中学のときジョジョと会っていなかったら、今のオレはない」

「ジョジョ？」

「コミックのタイトルさ。〈ジョジョの奇妙な冒険〉」

オレは決心した。塊太君が秘密を打ち明けてくれたように、オレも心をさらけださなくてはいけない、と。中学時代に保健室登校を繰り返し、卒業式に出席できずひとり校長室で証書を受け取ったことを告げた。そうした中、空条承太郎のたくましさに自分を投影させて孤独を癒していたことを付け加えた。アニメショップのショーケースの前でオレと塊太君は長い立ち話をした。塊太君はたまに目を合わせてくれて、頷いてもくれた。

「じ、承太郎は何歳」

「十七歳。オレらと同じくらいだよ。母親を助けるために敵の待つエジプトへと旅立っていくんだ。おじいちゃんと仲間とともに旅をして、超能力を駆使しながらエジプトで敵と一騎打ちをするのさ」

そうストーリーを説明しながら、どうしようもなく高ぶっている自分に気づいた。

「塊太君は、ジョジョ知らないの？」

「ア、アニメは詳しくなくて。でも面白そうだね」

「是非是非お薦めするよ。あそこでＤＶＤ流しているから行ってみよう」

　コーナーのど真ん中でプロモーション用ＤＶＤが再生されていた。主人公の承太郎が、オラオラオラ、と派手に拳をふるっている。

「いいぞ、オラオラオラオラ！」

　画面の承太郎と同じように叫び、パンチを繰り出した。オレは興奮気味だった。その様子に触発されたのか、塊太君も画面に身を乗り出してきた。相変わらずのパワーで敵をぶっとばしていく承太郎だ。

　無言で釘付け（くぎづ）けになった。気がつくと一時間以上経っていた。

　幸運だったのは、店員のひとりが熱烈な承太郎ファンで、発車時刻ぎりぎりまでＤＶＤを観せてくれたことだ。二時間後店を出たとき、すっかり暗くなっていた。オレだけでなく塊太君までが〈オラオラオラオラ〉と決まり文句を連発しながら階段を下りていったことは、いうまでもない。

　帰りの電車の中で、ネオンをちりばめ始めた盛岡の街を眺めながら、感慨に浸った。塊太君が、いい作品だね、と言ってくれたことが嬉しかった。オレはしみじみ振り返る。

「そ、そういえば」

塊太君が口を開いた。

「い、岩手に来る前青森でバイトしてたんでしょ。その話、聞きたい」

オレは静かに頷き、廃品回収業の工場で働いていた日々を話し始めた。


そこはリンゴ畑に囲まれた工場で、オレの仕事は古紙束ねだった。

裏のストックヤードに案内されたオレは、屋根までの高さに積まれた新聞紙に驚いた。秤で二十キロに束ね、番線でまとめるのだ。

新聞紙を束ね、番線で縛っていく。その結び目の環にシノの先端を差し込み、回し締めていく。ゆるみを締め上げていくのだが、結び目がねじ上げられていくと番線のゆるみが締まってくる。焼きなましの線はしなやかでよく伸びる。調子に乗ってねじり続けると、結び目が白くなって切れてしまうことをオレは知っていた。慎重にひと束ひと束を仕上げると、崩さないよう積み重ねていった。

なにより、自転車の一件が気持ちに弾みをつけていた。スクラップ置き場には、さまざまな自転車の残骸が積まれてあったが、修理すればまだまだ乗れるものもたくさんある。思い切って社長に直談判した。この自転車の、使えそうなパーツを一台分下さいとお願いした。部品同士を組み合わせて、オリジナルのマシンを組み立てたくなったのだ。そう、オレはひらめいたのだ。ここで足をゲットして、家までの相棒にすることを。

三時のサイレンが鳴り、休憩に入った。廃車たちが高いところから見下ろしている。それぞれのガラスは割れ、ルーフははげしくひしゃげている。赤スプレーで番号がふってある。オレは、なにかに見守られているかのような感じを受けた。工場の屋根に積乱雲がのしかかり、それはチューブから破裂したように勢いづいている。荒々しく空にぶちまけられている雲の波は、ポプラの梢に突き刺さっていた。

五時でサイレンが鳴ると、社長のはからいでガレージの一角にパイプベッドをいれさせてもらった。マット共々、鉄屑の中から探してきたものだが十分使える。

「お疲れ様でした」

「ゆっくり休んでくれ」

オレは安心の息を吐くと、埃くさいマットに頬を埋め、目を閉じた。

この旅にでるきっかけを思い出していた。いつもの夫婦喧嘩がエスカレートし、親父がお袋を張り倒した。平手でなく、拳をつかったことが火に油を注いだ。オレは大声で叫んだ。テレビのリモコンを思い切り窓に投げつけていた。砕け散るガラスに、親父の動きがとまる。振りかざした拳の向こう、吊された洗濯物が目にとまった。針金のハンガーの形のまま、なで肩に干された親父のU首シャツ。大口をあけて伸びきっている。襟ぐりは黒く、洗っても落ちない汚れが風に揺れている。オレは突発的に家を飛び出していた。それがこの逃避行の始まりだ。なんなんだよ、チクショウ。誰もオレのことなんておかまいなしだ。気がつけば北を目指していた。北海道で人生を終わらせたかった。誰も知らぬ土地でひっそり人生を終わらせてやろうと思った。それがそのときオレにできる、唯一の復讐だった。しかしオレはそれをしなかった。旅で巡り会った数人の大人が、人生そう捨てたものじゃないと教えてくれたからだ。今、こうして青森で出会った社長も何かとオレを気にかけてくれる。だけどこの先どうなるのだろう、旅のおわりはまだまだ見えそうにもない——。

翌日は日曜日。目覚めたとき工場は静かなままだった。

オレは五時起きをして、工場で組み立てを終えていた。ようやくマウンテンバイクが完成したのだ。磨き抜いたフレームが黒く光っている。タイヤを外すとき手がオイルまみれになったり、変速機の調整に戸惑ったことを思い返していた。サンダーでサドルの取り付け部を削ったときは火花で軍手に穴が開いた。関東までの数百キロを完走できる手応えを、オレは感じていた。

自転車を組み立てるのは初めてのこと、社長の手を一切借りず取り組んだ。

「おう、仕上がったか」

社長が顔を出した。

「おはようございます。できましたよ」

「直次郎はセンスがあるな。フレームとハンドル、シャーシ、それぞれいいものをミックスさせた。バランスも悪くない」

社長はオレの隣にしゃがみ込み、サドルを軽く叩いた。みそっ歯が覗く。真っ白なTシャツにジーンズ姿だったが、つなぎ以外の服装を初めて目にした。

「自分ではいい線いってると思うんですけど」

「うまく塗ってあるな、液ダレもしてねぇし。直次郎、お前スプレーガン使ったことあんのか」

「えぇ、まぁ」

「よし、支度をしろ」

「支度、って」

「とにかく着替えろよ。善は急げ、っていうじゃないの」

せき立てられるようにジーンズに脚を通し、スニーカーをつっかけてドアを開けると、二トントラックが停(と)められていた。荷台に積まれていたのは真っ赤なカヌーだ。三メートルはあろうか、底を上にして伏せられてあった。

「釣りにでも行くんですか」

「湖畔巡り、ってとこかな。マウンテンバイクも積んでいこうぜ、山道で試運転だ」

トラックは十五分ほどで湖面に到着した。朝靄(あさもや)のかかった岸辺には誰もいない。てっきり急流下りと思っていたから意外だった。静かな青い水だ。

社長と協力してカヌーを下ろす。ボディは樹脂性でとても持ちやすい。入り江まで運び入れ、ゆっくり進水させた。社長が前、オレは後ろ。左右に分かれてパドルを掻いていく。オレは社長の動きに腕を合わせる。船縁（ふなべり）に体側を密着させ、片膝つきの体勢で水をとらえていく。手応えはことのほか重く、水を掻くのがこれほど大変とは思わなかった。

「オレ、カヌーがこんないいものだとは知りませんでした」

「近づいてきたぜ、あれが中島だ」

社長が指さした先、水面から突きだした島影があった。うっそうとした木々を従え、息を止めているかのように飛び込んできた。

上陸すると、カヌーを係留して太い流木に腰を落ち着けた。

オレはぼんやりと湖面に目を落としていた。晴れてはいたが雲の多い空だ。盛夏を過ぎ、知らぬ間に高くなった地面との距離を意識した。オレは、しばらく黙ったまま風の音に耳を傾けていた。

突然、社長の手がオレの膝に置かれ、徐々に太腿から股間に移動してきた。

ぎょっとして顔を上げた。社長の顔が近づいていたが、目をつぶって唇を突き出していた。キスをするときの表情だ。とっさに突き飛ばしていた。

「なにすんだよ！」

張り上げた声が湖面にこだまする。気が動転していた。社長が挑むような目を向けてきた。

「なんなんですか、意味がわからない」

「わかる必要はない」

「でもなんでオレがあんたにキスされなきゃいけないんだよっ。あいにくその趣味はねえんだ。近寄るな、ホモ」

ざっ、と音がした。小魚が鱒(ます)にでも追われたのか、波紋が虫食い状にゆらめいた。

「おい」

その表情に威圧を感じ取った。力のある者が、弱い者を虫けらのように踏みつぶすときに見せるそれだ。

「ここに置き去りにされるか、ボクの言うことをきくか、選べ」

その股間は張りつめていた。

「どっちもご免だよ！」

社長が摑みかかってきた。両手を組み合わせて力比べに持ち込まれたが、あっという間に組み伏せられた。抵抗できずに足を払われ、のしかかられた。

乱杭歯(らんぐいば)と、鼻をつまみたくなる口臭が迫ってくる。地べたに這(は)わされ、両手を押さえ込まれていた。首筋に唇が這う。その耳に、おもいきり嚙みついてやった。

悲鳴が聞こえた。手に触れた枝をつかんで思いっきり目を払った。小気味よい音がした。

オレは立ち上がり、しゃがみこんだ社長の耳を蹴りつけた。社長は、ぐえっ、と声を詰まらせ頭をかかえたまま固く丸まった。

ぐったりしたまま動かない。あわてて口元に耳を近づけると呼吸は確認できた。どうやら気を失っているだけだ。

傍らにキーホルダーが落ちている。音を立てないように拾い上げてジーンズのポケットに滑りこませた。

オレはパドルの一本を取って岩に立てかけ、足をあげて思い切りへし折った。すばやくカヌーを押し出してひとり漕ぎ始めた。大の字に伸びたままの社長を、背中越しに見送った。静かに水が動く音を、ひたひた鼓膜に吸わせながら島を後にした。

社長は運が良ければ泳ぎ着くだろう。そう思った。

対岸に到着した。二トントラックのドアを開け、ダッシュボードを探る。財布にはかなりの札束が入っていた。全部持って行こうとしたが、すこし考えて三万円だけ抜き取った。一週間のバイト代だ。

財布を戻してキーを握りしめる。島に向かって思い切り遠投すると、銀色がかすかに煌めいて沖に波紋をこしらえた。それは、弱った金魚が水面で息継ぎをするときの、頼りなげな二重丸とよく似ていた。

塊太君は押し黙っていた。少し喋りすぎたかと、今になって思い始めてもいた。でもオレは、自分の行動が間違っていない自信があった。

汽車が速度をゆるめ、到着駅を告げるアナウンスが流れてくる。塊太君は生真面目(きまじめ)な顔で、オレと目を合わせてきた。

「塊太君、オレは飢えていたんだ。昔から駄目な奴のレッテルを貼られていたからね」

「この空条承太郎は、いわゆる不良のレッテルを貼られている」

その台詞にオレの動きが止まった。低く押し殺した声色は、さきほど観たDVDの承太郎そのものだ。塊太君は台詞を続けた。

「イバるだけで能なしなんで、気合いを入れてやった教師はもう二度と学校へ来ねぇ。だが、こんなおれにもはき気のする〈悪〉はわかる！」

塊太君は芝居がかった口調で話し続けた。アニメの承太郎と表情まで似てきたように見えた。

「〈悪〉とはてめー自身のためだけに、弱者を利用しふみつける奴のことだ！」

オレは口がきけなくなっていた。あまりにも似すぎている。塊太君は、一度だけ耳にしたアニメの台詞を、寸分違(たが)わず見事に再生してみせたのだ。

ホームについて改札を過ぎても、オレはお願いし続けた。飽きることなく承太郎の物まねを頼んだ。興奮を抑えきれない。冷静さを失わぬように努めたが、指先の震えはとめようがない。承太郎だけではなく、花京院(かきょういん)やジョセフおじいさん、ホリィ母さんといったキャラクターの声をそっくりに再生できたのだ。塊太君の記憶力と迫真の声帯模写にオレは言葉も出なかった。裏声を使ってホリィ母さんの笑い声をしたとき、膝を叩いた。天才だ、君は天才だ。オレは押し黙ったまま、生き生きと台詞回しをする顔を見つめた。

塊太君にとって予想外だったのは、家に帰ってからもオレのリクエストが止(や)まなかったことだ。気のいい彼は、夜が白むまでそれに応え続ける羽目になったのである。

＊

めちゃくちゃ眠い——。ボクはいささかの後悔を覚えながら、苦笑いを堪えていた。結局昨夜は〈ジョジョ祭り〉になった。直次郎の喜びようといったら半端でなかった。すごい、似てる、最高だ。その声援で、ボクは気分がよかった。人に褒められる快感は、味わったことのない蜜(みつ)の味、気がつくと夜が明け始めていた。

承太郎のコピーはそう難しくもない。篠崎晴男も承太郎も基本的な声質は同じだから、少々ドスをきかせて語尾を半音上げれば承太郎になる。〈ジョジョの奇妙な冒険〉は盛岡のアニメショップでずいぶん観たから、承太郎のみならず、花京院やポルナレフ、アヴドゥル、ジョセフおじいさんやホリィ母さんなどのデータも頭に入っていた。喉を絞ったり開いたりして高低を調整する。あとは速度や間の取り方に気を配った。

脳内データを再生するのは朝飯前だった。なんで台詞を全部覚えているの！　直次郎は唖然として詰めよってきたが、ボクにしてみたら造作もないことだ。そのときになってようやく気づかされた。ボクは、他人と違う特技を持っているらしいということに。とんでもないことなんじゃないか、そんな気配に胸が躍ってきた。

それまでのボクときたら自他ともに認める負け犬だった。勉強もスポーツも駄目、テストの赤点は数科目、教科書に書いてあることの半分も理解できない。そんなふうだから、授業中はいつも空想で遊んで時間を潰していた。

幼稚園の時の記憶を引っ張り出して、脳内に映像として再現するのだ。お気に入りの記憶は、もちろん兄貴との優勝ごっこ、ボクの五回目の誕生日の夜の映像だ。白いタイツを穿き、炬燵の上で兄貴のインタビューを受けていた。おめでとうございます、優勝した感想はどうですか。兄貴の弾んだ声とともに金メッキのマイクが差し出される。蛍光灯に反射した兄貴の笑顔がまぶしかった。季節は冬で、ストーブが赤々と反射板に焔を映し出していた。ボクは金紙を張った手製メダルを首にかけてもらってご機嫌だった。そのあとの夕食は脂身の多いカレーライスだったことが、今でもはっきり思い出せる。記憶はなくならない。そう思っていたが、直次郎の話によれば他の人はそうじゃないらしい。

　ボクにはそれが信じられなかった。一番古い記憶は、一歳半のときに、家族で上野動物園に行ったときのもの。そのとき被っていたキャスケットが、手触りのいいモコモコの白生地だったことも簡単に思い出せる。幼稚園の年長組の遠足の翌日、アメリカンワールドの観覧車から見下ろした街並みもはっきり瞼に焼きついている。

「塊太君、眠くない？」

「ち、超眠い」

「さすが睡眠二時間はきついね」

「きついね」

　ボクたちは鉄の柵にもたれかかり、土俵越しの観衆に目を遣った。朝から準備にとりかかっている闘牛場は満員だった。

　今日は年に三回開催される闘牛大会の当日。役場の商工課が窓口となって、大々的に宣伝に力を入れている一大行事だ。高原ロッジの入り口、小高い駐車場わきにつくられた土俵はミニサッカーができるほど広い。ゆるやかなすり鉢形状は、観客がどこからでも試合を楽しめるつくりになっている。

　スタッフだけで百名近く、参加者や観客を入れれば千人は超えるだろう。取り組みは全部で十一、蹄で荒らされた砂地はくるぶしまでの深さに掘り返される。前頭の二歳牛でも五百キロ前後、横綱の六歳牛になれば一トンを超える。直次郎が、牛の相撲なんだな、とつぶやいた。

ボクたちは土俵ならしをおおせつかった。次の取り組みに向けてレーキでならす、縁の下の力持ちだ。ボクはレーキの柄に両掌をかぶせながら、直次郎を盗み見た。こんな奴は初めてだ。さりげなく助け舟を出してくれたり、気をきかせてくれる。今まで本当の友達がつくれなかったボクだが、もしかしたら長い夜が明けたのかもしれない。なあ、そうかい？　直次郎。ボクは心の中でそっと言葉を絞り出した。

続々トラックがやってきて牛を運動させていた。入り口脇の傾斜地には係留柱が設置され、選手たちが鼻を繋がれている。焦げ茶色、赤茶色、黒など毛色はさまざまだが、五歳を超えるとたてがみじみた巻き毛をまとうのだった。アメリカのバイソンと見間違えるほどだ。蹄で土を掻いたり、斜面に角を突き刺したりしていた。もの言わぬ獣同士が垂らす、生々しい涎の香りが漂っていた。

十一時の開会まであと一時間、本部に陣取る大会役員たちはそろいのブレザーを誇らしげに着込んで歓談中だ。その中央で煙草をくゆらして笑っているのは父さんだ。

「塊太君のお父さん、大会役員だったんだね」

「ういっ」

「それにしてもすごい数のトラックだ、あんなにいる」

会場脇の砂利道には大型トラックが縦列駐車され、路肩に等間隔で幟（のぼり）が立てられている。〈闘牛大会〉の文字の下に、各社スポンサー名が入っていた。チームごとにそろえたTシャツを着た勢子（せこ）たちは、迷彩柄のズボンに地下足袋（じかたび）といったいでたちだ。それら短髪の男たちは、例外なく険しい目をつくっていた。取り組みの時、彼らは牛の様子をうかがいながらときにはけしかけ、ときには激しく応援する。いわばボクサーにとってのセコンドの役だ。こころなしか皆がに股気味で歩いている。闘い前の、張りつめた空気がいやおうなしに伝わってくる。

牛の鳴き声が響いてきた。一頭が吠えると、あちこちで声がとどろく。これから始まる取り組みを本能で察知しているに違いなく、ときおり甲高い、法螺貝（ほらがい）じみたいなきが風にまざった。

牛飼いたちは、大会一週間前から特殊飼料に切り替える。ニンニクをすりおろして飼料に混ぜ、ビールを飲ませてマムシ粉を舐めさせる。そうした飼料を貪（むさぼ）りながら、牛たちは取り組みを自然と意識するに違いない。我が家もかつて闘牛を育てていた。父さんも兄貴も馬鹿がつくほどの闘牛好きだった。しかしある日を境に、きっぱりやめてしまった。大会役員をつとめる父さんは、大会の運営はしても、闘牛飼育を再開させることは生涯ないだろう。ボクにはそれがわかった。

倉田さんがやってきて、祭壇、と叫んだ。ボクは直次郎に声をかけて、中央に長机を運び入れる。白布をかけ、御幣を三本立て御神酒と山盛りの塩をそなえた。

「塊太君、なんで塩をそなえるの」

「し、塩の道」

ボクは坂の下、土俵越しの道路を指さした。「海から盛岡に、う、牛が運んだ」

「なるほど。だから塩の道っていうんだ」

ボクのつたない説明を、直次郎は理解したようだった。

コンビニが一軒もない山の中の道、そこはかつて牛たちが内陸部に塩を運んだ重要な陸路だった。峠を越えれば一俵の塩が一俵の米になる。遥か昔、険しい峠を踏みしめる牛たちは現在その役目を解かれ、闘牛という観光資源として価値を放っている。いつも聞かされている倉田さんの受け売りが、こうして土俵を前にしていると自然と思い出された。

祭壇が完成し、開会式が始まった。町長を筆頭に、勢子頭たちが整列し、玉串を捧げる。観衆たちも無駄口をひっこめて見守っている。先日の鎮守祭のときよりも多い。色とりどりの服が、山を炙る陽射しに波打った。日傘の花がほうぼうで咲き、眉の上に手でひさしをつくった人々の視線が土俵中央に注がれた。

柏手が打たれ、おごそかに神事が終了したのをしおに会場内に笑いが戻った。声の重なりが、人々の期待をしめしていた。

取り組みから始まった。手綱を曳かれ入場した東西の牛は、若かったが落ち着いていた。闘牛になれるのは十頭に一頭、横綱を張れるのは数百頭に一頭といわれている世界、前頭といえども気迫は十分だ。

勢子同士が綱を引き合わせて蹄が砂を蹴る。声が上がった。夏空の下で封切られたその音は、ボクの眠気を瞬時に吹き飛ばした。

*

鈍い音がした。頭を低く下げ、角を突き合わせた牛の、額と額がぶつかる音だった。頭蓋骨が砕けたのではないか、そう心配するほどの響きだった。オレはその光景に目を奪われていた。

観客がどよめいた。西の赤毛、東の黒毛も互いに若いが筋肉がみちみち盛り上がっている。闘争心が手に取るようにわかる。迷彩ズボンの勢子たちの叫ぶ、よしたー、よした、というかけ声がリズムをつくっていく。牛はその声を味方につけながら、角を交差させて額をつけあう。前脚に体重がかかっている。黒毛も赤毛も、相手を押し切ろうと必死の体勢だ。数人の勢子は掛け声を張り上げながら、平手を打ち合わせて勝負を見守った。オレは自分が手綱を握っているかのような錯覚に見舞われた。

赤毛と黒毛、双方の鼻息が柵越しに聞き取れる。目は充血し、観客の放つ声援だけが背中で膨らんでいく。

黒毛が仕掛けた。一瞬前脚の蹄が宙に浮き、上から押さえ込んだ。

自分の首を相手の首にもたせこんで、一気に体重で押し潰す。その技を迎え撃つ赤毛は斜めに首をねじって苦しげだ。二頭の鼻息は、砂かぶりの柵まで聞こえてきた。

赤行けっ、黒負けるな、それぞれを励ます声と声、うねりと化した人垣。上にのしかかった黒毛をうっちゃるように、赤毛が首をひねる。砂粒が舞う。ふたたびヨッに組んだ。横腹は気ぜわしく波打ち、汗が滴っていた。赤が一瞬のすきをついて回り込んだ。前脚の付け根に角を突き立てながらかち上げるようにした。

「がんばれ、負けるなっ」

オレは土俵の鉄柵から身を乗り出して叫んでいた。数人の勢子が、二頭の周囲で手を水平に大きく打ち鳴らす。これは牛だけの闘いではない。勢子と牛が、互いの呼吸を読み取りながら、心を通わせながら闘っている。牛と人間の、形を変えた会話なのかもしれなかった。

いななきが交わった。

赤毛が勝負に出た。腰を踏ん張りながらねじりこんでいく。一方の黒毛は背を丸めて必死の攻防だ。力と力が交わされた角、その後ろで声援がますます大きくなる。双方の尻尾が左右に振れ動いた。赤が黒の角をあてがって内側にひねり込んだ。

そのときマイクの声が響いて、牛たちが分けられた。客席から一斉に拍手が上がって黒毛と赤毛が引き離される。それぞれの勢子に首を叩かれながら、牛は土俵を後にした。勝敗はどっちだ、オレにはまったくわからなかった。

「い、いくぞ。土俵整備」

オレたちは大急ぎで土俵に躍り出した。闘いの最中、力を出し尽くしたのか至るところに牛糞が落ちている。それはびっしり砂に塗れて俵型をなしていた。塊太君が掬った糞をオレがねこ車で受け取っていく。そのあとレーキを手に、中央から渦巻きに回転して場をならした。柄を曳きながらオレは素朴な疑問をぶつけてみた。

「どっちが勝ったの？」

「し、勝敗はない」

「なんで。最後までやらせたほうが盛り上がりそうだけど」

塊太君は打ち込んだレーキが外れないよう、力をかけて柄をたぐりよせてつぶやいた。

「とっ、とことんやらせると、土俵を嫌がるようになる」

「なるほど」

納得した。と同時に、牛がいかに大切に扱われているかを知った。たしかに的を射た話だ。スペインの闘牛は人が剣を突き立てて最後には殺してしまう。互いに割り振られたのは敵味方、いってしまえば見世物でしかない。この村では闘牛は神事なのだ。塩を運び、田をおこしてきた家畜に対する愛情と敬意がそこにはあった。厳しい自然の中で、息を繋ぎ続けてきた催しは、村全体の誇りなのだと確信した。

オレは砂地をならしながら、肉付きのいい友人の首の後ろを見つめ続けた。

*

ボクは一心にレーキを曳いた。いくつもの蹄の刻印を消し去っていく。観客の熱気が、砂の一粒ひとつぶに染みこんでいる気がした。半年近く雪に閉ざされるこの村で、年三回の闘牛は村の人々の最大の楽しみなのだ。

直次郎は驚きを隠せない様子だった。間近に見る角の突き合わせに叫び声を張り上げ、大げさな身振りで喜びを表した。動物ならなんでも好き、とくに犬が一番という彼は、この行事に心を奪われた。そんな姿を横に眺めながら、ボクは昔の自分を思い出していた。かつては直次郎のように、牛と牛の闘いに声を張り上げて応援したものだった。そう、あの事故が起きるまでは——。

十三歳、今から五年前ボクは中学一年だった。晴れ渡った朝、ボクは兄貴と雌牛の世話をしていた。ボクが綱を持ち、兄貴がブラシをかけていた。そのときなぜ忘れていたのだろう。発情期の雌が近くの牛舎にいたことを。いつもなら冷静な兄貴もそこが抜けていた。

いきなり怒号が聞こえ、柵をやぶった雄牛が突進してきた。雌の発情にもよおされ、角をふり回して襲ってくる。ひときわ赤みがかった、角張った横綱だ。ボクの手首に手綱がからまった。雌牛が走り出した。恐れをなして逃げ出した。ボクの両踵が浮き、つんのめるように地面に叩きつけられた。頭が真っ白になる。兄貴の悲鳴、腕の付け根が引きちぎれそうな痛み。地面に打ち付けられる度、額に衝撃が襲った。そのうちボクは仰向けになったまま引きずられていた。後頭部をかばうのがやっとだった。雌牛は発狂したように出鱈目にかけずり回っていく。導火線に火がつくとその勢いは止むことがなかった。激痛がひとさし指に走った。爪が剝がれた。その傷口がさらに地面になすられていく。後頭部が地面に激突した。目の前に青空が飛び込んでくる。ぶれながら雲が後ろへ流れてゆく。気を失いそうになりながら思った。後頭部をおろし金ですられるのは厭だ。喉が熱くなってゲロをぶちまけた。酸っぱいものが青空に飛び散る。トウモロコシの粒が皮付きのまま空にへばりつくのを見た。痛い痛い。ボクは擦り切れ、へし折られ、丸め込まれながら削られていく。肩も腕も足も指も、全てちぎれそうだ。厭だ、死にたくはない！

すさまじい爆発音が耳をつんざいた。突然雌牛の動きが止まって重いものが耳元で倒れる気配がした。ボクは死んだのか、いや、生きている。腕もちぎれていないし、息もできる。したたかぶつけた肩胛骨（けんこうこつ）の痛みこそ生きている証（あかし）だ。

「おい、塊太！」

見上げた空に兄貴の姿が飛び込んできた。抱えたライフルの銃口から青い煙が流れている。

「綱をほどいてやるからな、すぐ病院に連れて行——」

しゃがみこんだ兄貴の背後に影がのしかかった。後ろ脚で立ち上がった、二本の蹄の中間で太陽がのぞいた。影は、ボクたちをすっぽり覆い隠した。

兄貴がボクに覆い被さってきた。ボクが最後に耳にしたのは、蹄に踏み砕かれる兄貴の骨の音だった。

その日以来ボクは半年ほど喋れなくなった。舌が凍り付いて言葉が出なくなったのだ。兄貴はそれ以来松葉杖を手放せなくなった。膝の皿を粉砕されては、普通に歩くことはもう不可能だ。踏まれたのが頭や胸でなかったのが不幸中の幸いだった。父さんはさすがに闘牛を手放した。本音をいえば、ボクは牛そのものをやめてもらいたかった。兄貴の足を奪ったのは家族であるはずの牛、その家畜に父さんが人一倍の愛情をかけていることも、家業としてなくてはならぬことも承知している。しかしボクには耐えられない。大好きな兄貴は後継者としての将来を絶たれ、エンジニアとしての道を目指した。牧場周辺は風が強く、その恩恵を生かした風力発電事業が展開されていた。第三セクター方式で立ち上げられた株式会社は、専門機構の補助金も投入され、将来的に注目された就職先だった。

兄貴は専門知識を身につけるため、大学に入学した。今は工学部の大学院生で、エネルギー分野の研究に没頭している。残されたボクにできるのは、自分を呪いながら心の蠟燭(ろうそく)を一本ずつ吹き消すことだけだ。ボクのせいで兄貴は、兄貴は――。あのとき手綱を離していたら、兄貴は今でもトラクターを運転していたに違いない。

助けて、とボクは誰かに問いかけた。誰でもいいから救い出して。膝を踏み砕かれた兄貴の絶叫は、毎晩夢に出てきてボクを苦しめた。振り払いたかった、あの怯えた目を。じりじり魂が焦がされ、生きたまま火あぶりにされていく。お兄ちゃん、ごめんなさいごめんなさいごめんなさいごめんなさい。夢の中で、目に見えない罠(わな)をひきちぎろうとしても、身動きすら叶わなかった。

そんなある日、ボクは聞いてしまった。先生方の研究会で学校が午前中で終わった日だった。牛舎を通りかかったとき、父さんが母さんに話している話を、盗み聞いてしまった。

「どうせなら塊太のほうでよかったんだ」

力が抜けた。わかってはいたんだ。勉強もろくにできず、動きの鈍いボクなんかより、背も高くて力持ちな兄貴のほうが可愛いに決まっている。でもそれを認めてしまえばボクが生まれてきた意味がなくなっちまう。

　牛たちが餌を催促している。空の飼い葉桶を、鼻先で叩く音が響く。鉄の鼻輪が桶に威勢よくぶつかっている。それは白木の棺に打ち込まれる、釘の音のように聞こえてきた。釘は頭を切られ、釘抜きがつかえないようになっている。

　ボクはなんで生まれてきたの？　ボクはボクなりに生きているんだよ、ねぇ、父さん。母さんもなんで父さんの言葉を遮らなかったの？　嘘でもいいからたしなめてもらいたかった。父さん母さん、ボクはいらない子供だったの？　ねぇ！

　突如、脳裏にある光景が再生された。父さんに一度連れて行かれた、コンクリづくりの部屋だ。中央にひきたてられた牛は、静かにたたずんでいた。あらがいもせずに諦めきったようにしょんぼり頭を下げていた。ボクは内心叫んでいる。逃げろ、逃げるんだ。お前は今狙われているんだよ、おい。その声も届かない。どんなに叫んでも彼には聞こえない。たくましい腕に握られた大ハンマーが現れ、ヘルメットをかぶった男が眉間に狙いを定める。牛は吠えもせず、瞬きもせず黒目を見開いている。ふいに柄が打ち下ろされる。膝から崩れ落ちる牛――。

　歓声が沸き起こった。はっとして顔を上げると、二頭の関脇が土俵入りしているところだった。直次郎の掛け声が隣で響いたが、目の前が霞んでよく見えなかった。

来賓席に目を泳がせる。父さん。中央の役員席で来賓と気軽に声を交わしながら笑顔をふりまいている。その白い歯を見るにつけ、平然と笑っていられるのが不思議でならない。

＊

取り組みを見つめる塊太君の目が、どこか冷めているように感じられた。よくいえば冷静、悪くいえば闘牛と距離をおいている。何度も洟(はな)をすすっていたのは花粉症のせいではあるまい。オレは慎重になっていた。以前やらかしたヘマをもう一度起こしたくなかったし、不用意に人の心に踏み込みたくなかった。

取り組みに感極まったのではなく、辛い記憶に耐えているかのように感じられた。その内容はオレにわかるよしもなかったが、辛さの輪郭だけは伝わってきた。その横顔を盗み見たオレは、自分自身の過去を振り返っていた。

父さんが変わったのは経営していた会社が不渡りを出した後だった。母さんに手をあげるようになり、いさかいが絶えなくなった。その原因はオレにも薄々わかった。金だ、借金だ。工場が人手に渡ってから、父さんは家を空けるようになった。金策に走っているとばかり思っていたが、明け方帰宅するといつもべろべろに酔っぱらっていた。そう強くなかったはずだ。辛さを忘れるために飲む酒の味を想像し、オレは奥歯を噛みしめた。青タンをこしらえた母さんは、ヒステリーをおこして茶碗を三和土に投げつけた。その音がオレを崩していく。家族って一体なんだよ、誰か教えてくれ！　不満のはけ口はどこにもなかった。勉強もスポーツも嫌いなオレはどうしていいかわからず、愛犬に頬擦りすることで気を紛らわした。

　オレは無口になり、学校からも足が遠のいた。いつも河原の芝生で寝転がって雲を眺めていた。友達なんてひとりもいない、いやしない。うわべだけで交わされる優しさをオレは憎んだ。父さんの会社が人手に渡った噂は、あっという間にクラスに広まっていた。腫れ物に触るような、だが、どこか勝ち誇ったような同級生たちの視線が耐えられなかった。自分がガラスの箱に閉じこめられた金魚のように思えてきた。ある日、こんな質問を受けた。お前の家、倒産したんだって？　オレは弁解すらできなかった。ホームルームの時間、ある妄想にとらわれた。マシンガンを握っている自分を連想した。教室の一番後ろの席に陣取ったオレは、躊躇うことなく引き金を引き続ける。同級生たちの背中といわず頭といわず、めちゃくちゃに撃ち込んでいく。肉が爆ぜ、血が吹き飛ぶ。こんな世界などなくなってしまえばいい！　そう思った。

　そんな過去があったからこそ、塊太君の抱える闇の手触りがわかる。読める。

　そのとき、アナウンスが響いた。

『それでは関脇までの取り組みが終了しました。ここで二十分の休憩をはさんで、アトラクションに移ります。沖縄エイサー屋慶名青年会の方々が駆けつけてくださいました。沖縄では二十数年前、岩手トガイという南部牛が活躍し、無敗のまま引退した大横綱として伝説になっているそうです。このような縁から今回の運びになりました。ご来場の皆様、ご期待のうえお待ちくださいませ』

太鼓の音が響いてきた。どうやら駐車場の奥、大型バスの後ろで練習が始まったようだ。

「塊太君、エイサーって踊り？」

「踊り」

列を組んだ若者が、手持ちの小太鼓を叩く芸能だったか。ときどきテレビで目にする舞踊をおぼろげにイメージした。

そのときエプロン姿のスタッフが駆けてきて手をあげた。

「ひとり、売店を手伝ってくれるかな。お客さんが多くて捌きれない」

「あ、オレ行きます」

塊太君に目配せをした。「時間、かかりますか」

オレはスタッフを見ずに訊いた。

「そうはかからないよ」

「塊太君、行ってくる。すぐに戻るよ」

＊

　太鼓が打ち鳴らされている。エイサーの練習の様子が感じ取れる。年々闘牛大会は観客も増え、さまざまな催しも併設されるようになってきた。売店ブースでは村特産のヨーグルトの他、短角牛串焼き、豆腐田楽、まめぶ汁などが販売されている。直次郎は大丈夫だろうか。

「あの、係の方ですか」

　声をかけられて振り返った。若い女の人だった。真っ白いTシャツが目にまぶしい。

「は、はい」

「ちょっと荷物を見ていていただけませんか。すぐ戻ります」

　最前席のベンチに、ハンドバッグと大きなバスケットが置かれている。おそらくトイレだろう。ボクは快諾した。お姉さんは何度も頭を下げて走っていった。

　しばらくするとお姉さんが戻ってきた。

「ありがとうございました、これ飲んでください」

　お茶のペットボトルを手渡される。一回は辞退したが、是非是非と勧められ、ありがたく受け取った。きさくなものいいと笑顔に、頬がゆるむ。つけまつげをしているのか、目がことさら魅力的だ。その言葉遣いは、あきらかに東北のものではない。

「ほんっと、岩手は遠いですね。夜行バスに乗って今朝ついたんです」

「と、闘牛好きなの？」

お姉さんは一瞬困った表情を浮かべて、笑顔でかぶりをふった。

「牛にはあまり興味がないの」

小首を傾げたボクの顔色を読み取ったのか、あわてて手をふった。

「ごめんなさいね、失礼なこと言っちゃって。わたし、エイサーの追っかけなんです。もしかして高校生？」

「はっ、はい。三年です」

「じゃあわたしの四つ下ですね。」

二十二歳の彼女は物怖じしない性格らしく、歯切れのいい喋り方で「中島美喜といいます」と名乗った。長い黒髪が風になびいていい匂いがする。香水に頬がゆるみかける。こんなふうに女の人と話すのは初めてだが、緊張はしなかった。普通に会話ができていた。

「今、エイサーの練習を覗きにいってたの。でも幕が張られていて立ち入り禁止だったわ、残念。彼ら、屋慶名青年会のエイサーはすごいわよ、わたし毎年見に行ってるんだ。もちろん休暇をもらってね。そのために一年働いてるの、あ――」

ドン、と太鼓が鳴り響いて踊り手がやってきた。白シャツ白ズボンの上に錦の羽織をつけた若者は三十名ほど。平たい太鼓を打ち鳴らして進んでくる。三メートルほどもある竿旗を持った旗頭を先頭に、絣の着物を着た若い女性が付き従っている。彼らは土俵入り口に整列して入場態勢を整えた。

琉球民謡が流れ出す。ステージでは羽織袴の唄い手が、三線を弾きながら喉を唸らせている。顔を白塗りにした弁髪が三人、しきりに指笛を吹き鳴らす。精霊をかたどった者なのだろう。はたして指笛は山の周囲にこだまし、観衆を無口にさせた。

花笠をかぶった二名の従者が勢いよく土俵に飛び出して、しなやかにジャンプしながら舞い始めた。謡いに合わせてリズミカルに跳躍を繰り返す。扇子で天地を交互に指しながら、腹に腿を引きつけ、片足で高く跳ね飛んでいく。生き生きと地を蹴るさまは、太陽に近づこうとしているかのようだ。指笛は空気を切り裂いていった。

観客の目が釘付けになった。従者はいったんひっこみ、今度は天秤棒の端をそれぞれの肩に担ぎ上げて再入場した。民謡の調べに合わせ、派手に天秤棒を振り上げる。その中央には縄を巻かれた瓶がゆわえられていて、踊りの度にはげしく上下した。旗手も後ろに付き従って、同じように舞っている。

唄のリズムが激しくなる。いよいよ踊り手が入場した。土俵中央に二列に並ぶといっせいに太鼓が打ち鳴らされた。打ってはバチを前方に突きだし、腿を胸に引きつける。寸分乱れぬ足さばきだ。曲に合わせてそろいの錦がきらめく。土俵の上、踊り手たちの心がまとまっていった。

太鼓を打ち、いっせいに身体の向きを変えて動作をそろえる。よほど練習を積まねばこの動きはできないだろう。踊りの型は数種類あった。片足で伸び上がってバチを横に突いたり、太鼓を額にかかげるバリエーションを伴っていた。指笛がかしましく鳴り渡り、三線と太鼓がそれぞれの音域をぶつかりあわせながら世界をふくらませていった。

ボクは土俵間際に立ちつくしながら、すっかり心を奪われていた。隣で美喜さんが惚れ惚れしたように口をゆるめている。翻る錦の裾、後ろで手踊りをする絣姿の女の子たち。幟に染め抜かれた〈青年会〉の文字は彼らの誇りそのものなのだろう。

踊りが激しくなり、ラストの舞が翻って音が止んだ。あたりは拍手の渦につつまれた。退場する踊り手の肩越しに、口笛がとんだ。

「す、すごい」

独り言のようにつぶやくと、美喜さんが肩を叩いてきた。

「でしょ、でしょ。この興奮がたまらないのよね」

香水が肌の温もりをともなって漂う。つけまつげは相当長い。

会社を休んで毎年沖縄通いをする彼女の情熱に、ボクは気圧され気味でもあった。たしかにすばらしい踊りだったし、心からの拍手も惜しまなかった。しかしボクには、夜行バスをつかって東京から岩手までを追いかけていく度胸はない。それほど打ち込める趣味もない。

「沖縄に行ったのがちょうど旧盆だったの。そこで偶然でくわして人生が変わったのよ。東京にいるときのストレスが一気に溶けた気がしたの。エイサーは先祖の霊をなぐさめる意味合いがあるんだけどね、沖縄にもたらされた浄土宗の念仏が起源となっていて……」

たたみかけるように話しかけてくる。その目には異様な輝きが浮かんでいた。物事にのめり込む性格なのかもしれない。エイサーが彼女の日常の軸となっていることは間違いない。好きなことにとことん没頭する性格はよくわかる。ボクはマイクを握ったときのことを思い出していた。

ボクが相槌（あいづち）をうち続けていたのは、その顔立ちがあまりにも整っていたせいもある。会話を聞き流しながら、美喜さんの匂いをもうすこし嗅いでいたいと願った。

心臓がバクバク波打つ。女の人とこう親しく話したのは母さんと死んだばぁちゃんくらいのものだ。美喜さんはボクと似たところがあるのかもしれない。友達も少ないのではないか。毎日自炊の食費をきりつめて、一年に一度の沖縄行きだけを楽しみに旅費を貯（た）め続けているのかもしれない。そんな暮らしぶりを想像しながらも、このふれあいを断ち切ってしまいたくはなかった。また会って話がしてみたい、そう考えるとボクは気もそぞろだった。

アナウンスが鳴った。結びの一番は横綱同士の取り組みになります。しばらくゆっくりお休みください。その合図をしおに、観客はいっせいに売店にむかって歩き始めた。

直次郎は今頃てんてこまいだろう。申し訳ない思いがこみ上げてきた。

「塊太さん、お昼はどうするの」

「ほ、本部で弁当を」

「あの、つかぬことを訊くけど、よく食べるほうでしょ？」

「うぃっ」

「よかったらわたしのお弁当もすこし食べてもらえないかな。つくりすぎちゃって。持って帰れないし、そうしてもらえると助かるんだ」

「いっ、いいの？」

美喜さんはほっとしたようにベンチに手招きした。大きなバスケットを開け、さまざまなタッパーを取り出した。手巻き寿司(ずし)と思ったが違うようだ。

ご飯、サニーレタス、広口瓶に入った茶色い調味料。サニーレタスにご飯をのせて瓶の液体をひとさじふりかけ、海苔(のり)巻きのようにして手渡してくれた。口に運ぶと、出汁(だし)とごま油の香りが広がった。

「うまい！」

「でしょ、母さん直伝(じきでん)なの。たくさんあるからどんどん食べてね」

タッパーには相当量のご飯が詰められている。一人分にしてはどうみても多すぎる。

「友達と来るはずだったんだけどね、ドタキャンされちゃってさー」

ふたりでベンチに並びながら、レタス巻きご飯を頬張った。タレは美喜さん手作りなのだろう、ニンニクやニラが細かく刻まれていた。

もうひとつ差し出されたタッパーは、野菜の漬け物だった。大根、にんじん、キュウリ、青唐辛子が手頃な大きさに切られ、多めの汁に漬けられている。発酵しているのか、ほのかな酸味が舌に嬉しい。

「米のとぎ汁に日本酒と塩を混ぜて漬けるの。お母さんから習ったんだ」

ボクは頷きながら頬を動かしていった。あっという間にご飯が減っていく。ボクはドタキャンしてくれた美喜さんの友達に心でお礼を告げた。

「うまい！　最高」

「本当？」

美喜さんは、真顔でじっと見つめてきた。

「ふふっ。本当は炊きたてだともっと美味(おい)しいのよ。ほらほら、手がとまってる」

レタス巻きをこしらえながら、さまざま話しかけてきてくれた。子供の頃、休日には家族で海苔巻きを持ってよく動物園へでかけたことや、趣味でアコーディオンを弾いていることなどを教えてくれた。屋慶名青年会の公演スケジュールはエイサーブログで定期的にチェックしているらしい。

かいがいしく漬け物を小皿にわけて勧めてくれる。レタス巻きをつくる手際も実に素早い。昨夜この弁当の準備をして、夜通しバスに揺られてきたのだろう。ボクは、アパートの台所でタッパーにご飯を詰め、タレやレタスの準備をする美喜さんを想像した。

夢中で平らげていくうち、ほどなく容器はすべて空になった。

「あっ」

美喜さんが腕時計を見て声を上げた。「いけない、バスの時間」

「バスの時間？」

「そう、久慈行きのバス。これから道の駅で二回目のエイサー公演があるの。次の便を乗り過ごすと見れなくなっちゃう。急がなきゃ」

「バス停はとても遠いよ」

「自転車を借りてあるの。だから大丈夫。心配してくれてありがとう」

バスケットを小脇に抱え、ハンドバッグをひったくって立ち上がると、美喜さんの膝頭が、ぽきっ、と鳴った。

ボクは一瞬考えた。軽トラでバス停まで送っていってやろうかと。そう申し出ようかとためらった瞬間、背中でスピーカーががなり立てた。どうやら結びの一番がすぐ始まるようだ。残念な気持ちが押し寄せてきた。

「塊太君、話せて楽しかったよ。東京に来る機会があったら一緒に遊びたいね。こうみえてもわたし、ディズニーシーはかなり詳しいのよ。じゃあ元気で」

「あの、あの……」

思い切り手を振った。美喜さんは一度だけ振り向いて会釈すると、身体を斜めにして人波をかきわけていった。白いTシャツが埋もれて見えなくなるまで、ボクはずっと立ちつくしていた。

ベンチに戻り始めていた観客のざわめきが、人ごとのように響き渡る。いい思い出ができた、満ちたりた気分で余韻に浸っていた。

そのときボクは見た。会場の土手、坂道を立ち漕ぎする美喜さんの姿を。真っ赤なシート、ハンドルを両手で交互に引きつけながら全力でペダルを踏んでいく。たしかバス停までは三キロはある。このあと道は一転して下り坂になるから、楽に走れるはずだ。どうか間に合いますように。そう念じて手を合わせた。

*

売店の片付けを終えて土俵に戻ったとき、すでに祭壇は撤去されていた。塊太君一人でレーキをかけたのだろう、足跡ひとつない土俵に傾きかけた陽が映り込んでいる。さきほどのざわめきはどこへやら、闘牛場にはヒグラシの声が響くだけだった。

オレを出迎えてくれたのは、肩を落とした塊太君の姿だった。きつく唇を噛み、握った右拳に目を落としていた。オレに気づくと、なにやら言いたげな目をつくった。

「塊太君、腹でも痛いの？　昼飯に西瓜（すいか）と天麩羅（てんぷら）でも食ったとか」

「レタス巻きだよ。あーあ、うまかったなぁ」

その声はひどく哀しげだった。

「なんかあったんだね」

「きっ、聞いてくれるか」

「なんなりと申されい」

オレたちは、静まりかえった土俵に目を遣りながら話を続けた。

塊太君が口火を切ったのは、レタス巻きご飯のことだった。聞けば長い髪のお姉さんと知り合い、手作り弁当までご馳走（ちそう）になったという。話すうち、その頰が赤らんでいることに気づいた。そんなエピソードを聞くうち、こちらの気持ちまで上向いてきた。塊太君は、肉付きのよい顎に手をやったり、ひとしきり頷いたりしながら、肌の白い、いい匂いのするお姉さんを語った。フィーリングの良さを強調した。

「み、美喜さんはとてもやさしかったんだ」

「……写メはないの」

「わ、忘れた」

「芸能人でいうならどんなタイプ?」

「あ、安西マリアの若い頃」

「って知らねぇよ。もっと違う例を出してよ」

「〈沖縄サンバ〉を出したころの浅野ゆう子」

「うーん、知らんね。ま、いい思いをしたことだけはわかったよ。オレのほうの売店は子供とおばさんばっかりだったし。あーあ」

「み、美喜さんは久慈へ行ったんだ。エイサーの二回目があるとかで、大急ぎでバス停に行った」

「アドレスは訊かなかったの」

「……うん」

塊太君は悔しげに喉を震わせた。黄色がかった陽射しに、目がますます細くなる。ヒグラシの声が増えてきた。ふたつの影が足下から間延びしている。

「そういう時はメアドの交換をするんだよ。そうすればいろいろやりとりできるじゃないか」

「ボ、ボク、もう一度美喜さんと話がしたい!」

大きくため息をつきながら、頭を抱え込む。大きな魚をひっかけながら、取り込み寸前で糸を切られた釣り人を救う方法はただひとつ。オレはふるえる肩を軽く叩いた。

「まだ久慈にいるかもしれないじゃん。これから追っかけてみようよ」

「え」

「美喜さん、今日帰るって言ってたの？」

「ううん」

「じゃあ望みを捨てるには早すぎるよ！」

　とっさに身を乗り出した。久慈の公演が終了するのは夕方だろう。美喜さんが東京に戻るとすれば夜行バスを利用する可能性が高い。もしかしたら久慈で一泊するかもしれない。まだ間に合う、追いかけてみる価値はある。今まで恋と無縁であっただろうこの先輩に、春を到来させてやりたい。奇跡の喉を持つ未来のエンターテイナーに恋の滴が注がれれば、その芸にも磨きがかかるだろう。気がつくと、塊太君に声を浴びせていた。

「駄目でもともとじゃない。人生の勝負どきは今なんだよ、塊太君」

「で、で、でも」

「でもクソもない」

「ク、クソは便所にある」

「あのねぇ、冗談言ってる場合かよ。男が気持ちを固めるときは、一生に何度もないんだぜ。逃げてばかりでいいのかよ」

　そう言い切ってから、オレはどきりとした。ニゲテバカリデイイノカヨ。自らに言い聞かせたような気持ちにおちいった。それは、行き先を決めぬまま家を飛び出した、誰かさんへの叱責だ。かぶりをふって声を絞り出した。

「今塊太君は、運命の分かれ道に立っているんだぜ」

腹のあたりで爪をいじっている姿を見て、思わず声を荒らげていた。塊太君は薄笑いを引っ込めて、拳をぐいと鼻先に突き出してきた。襟首を摑まれるか、と一瞬息を止めた。

ゆっくり開かれた手のひらにはキーが握られていた。金属には黄色い太陽が映り込んでいる。

「直次郎」

オレは、初めて名前を呼ばれていた。澄み切ったその目を見た。

「いっ、いっ、一緒に行ってくれるか?」

第二章　南へ走れ

天気が崩れてきた。

山道のワインディング、軽トラをあやつる塊太君の鼻息は荒い。道幅は広くない。カーブで膨らみすぎないことを祈った。塊太君の運転は信頼できるが、ガードレールは頑丈そうに見えない。うっそうとひろがる森が、ダムの湖面に映り込んでいる。

視界の悪さがオレの不安を増長させていた。〈塩の道〉を進むうち峠になってきたが、ほどなく三叉路にさしかかった。塊太君は左に進路を取った。久慈にいくのはこの道しかないらしい。直後、徐々にあたりが霞がかってきた。闘牛場では青空が広がっていたというのに、雲行きが怪しくなってきた。次第にオレは無口になった。

「飛ばしすぎだよ」

「ご、ごめん」

焚き付けてしまったものの、その飛ばしぶりに気圧され気味のオレだった。

おそらく塊太君がここまで女性に興味を抱いたことはないのではないか。予期せぬ出会いが彼の野性を目覚めさせたのかもしれない。オレは、この後の進展を見届け、できるならよい縁をとりもってやりたい気持ちになっていた。

霧は見る見る広がっている。夕暮れにさしかかったのもあって、視界は極端に悪い。湖面の黒さが、ことさら気を揉ませた。オレの頭にこびりついていたのは、さきほど目にした看板の、堤頂長一八七メートルという文字だった。

焦りをまぶしたかのようなハンドルさばきに、オレはたびたび呻きそうになった。

「塊太君、ちょっとトイレ、ほらそこにあるトイレにいこう」

オレはちいさく叫んだ。ダムの駐車場が見えてきた。塊太君の頭をすこし冷ます必要がある。巨大なコンクリート壁が見渡せ、ちょうど開門部の上が橋になっている。その奥にトイレの看板があった。

「いっしょにいこうよ。絞り出しておいたほうがいい」

「あ、あぁ」

塊太君は車を停めた。一息いれるにちょうどいい休憩所、わざと数十メートル奥にトイレをもうけたのは、ドライバーに休憩をうながす意図もあるのだろう。

ふたりで橋をわたり用を足して戻ったが、オレの足は止まっていた。ダムの向こう、霧が途切れ、その下に街並みがひらけている。奥にはぼんやり水平線らしきものが確認できた。

「た、太平洋だよ」

塊太君がぽつりと言った。

「あれが久慈の街だよ」

　霧が厚い。薄い真綿を伸(の)した狭間(はざま)に、屋根が見え隠れする。海はねずみ色にまとわりつかれながら、奥に広がりゆく。前触れなく見せられた絶景ほど心をとらえるものはない。見下ろした水平線はぼんやりたなびいて、空との境がとことん曖昧だった。

「塊太君、まず道の駅に向かおう」

「き、聞き込みするか。刑事みたいに」

「うん。夜行バス乗り場にも行ってみよう。とりあえず久慈での捜索先を固めるとしよう」

　オレたちはさまざま意見を出し合った。せめて写メのワンカットでもあれば話が早かったのだろうが、この際仕方ない。

「あっ、赤いサドル」

「えっ」

「み、美喜さんのマウンテンバイクはサドルが赤かった。珍しい色だったな」

「それ、ほんとかい」

「うん」

「もしかしてそのマウンテンバイク、黒いフレームで前に籠がついてなかった？　籠も赤でさ」

「なっ、なんでわかるの」

「だってオレのやつだよ、それ」

間違いない、そんな品がそうそうあるはずもない。盗んだのは美喜さん？　いや、昨日夜行バスで来たとしたらそれは不可能だ。だったらどうして。ということはバス停近くに乗り捨ててあった可能性がある。でもそれは後回しでいい。オレは顔を上げた。

「塊太君。とりあえず道の駅だ」

オレたちは顔を見合わせて軽トラへ駆け出していく。


濃霧が無駄に時間を費やさせた。道路標識を頼りに右往左往し、通行人に道順を訊きながらようやっと到着した時、エイサーのエの字も消え失せていた。屋慶名青年会はとっくに撤収し、なにごともなかったかのように売店はにぎわっていた。〈エイサー実演午後四時から〉そう書かれたポスターが、売店入り口にセロテープで留められている。選挙が終わった後の落選した候補者ポスターを見るかのような気持ちにオレはおそわれていた。

たどり着いたとき、すでに薄暗かった。

それでも手がかりはあるはずだ。オレは売店のスタッフに頭を下げながら、エイサーを見ていたであろう女性のことを訊ね歩いた。塊太君を連れて聞き込みにまわった。

沖縄の踊りは強烈だったらしく、ほとんどの人がそのすばらしさを語ってくれた。しかし観客まではさすがに注意がいかなかったようで、二十二歳長い髪白Tシャツ、といった情報だけでは手がかりは得られなかった。当然だろう、どこにでもあふれている姿格好だ。真っ赤なドレスでも着ていたなら話は別だが、長い髪の二十二歳などどこにでもいる。漠然としすぎた情報とわかってはいる。わかってはいるがそれに縋るしかすべはなかった。

気がつくとすっかり暗くなっていた。蛍光灯が駐車場を照らしているが、車の数もいつの間にか少なくなっている。腹も減ってきたが、望みは捨てたくない。もうすこし早ければ塊太君の心を虜にした女性の顔を拝めたかもしれない、その後悔がオレの捜索心を燃やし続けていた。

気がつくと、売店が営業を終えてシャッターをぞくぞく下ろし始めていた。どうにもならない。疲れ果てて軽トラに戻る。

「直次郎、飲んで」

塊太君が缶コーヒーを買ってきてくれた。とても温かい。夏だというのにやけに肌寒く、半袖ではすこし厳しい。車内に入ると、塊太君がヒーターを入れてくれた。熱いコーヒーがとほうもなく旨い。オレたちは疲れ果てた喉に、ゆっくり微糖を流し込みながら、ぼんやりフロントガラスを眺め続けていた。

カラスが何かついばんでアスファルトに置くのが見えた。

「あのカラス、なにしてるの」

「ク、クルミを割ろうとしてる。車に轢(ひ)かせて中身をとるんだ」

カラスは駐車場に出入りする車の軌道を察知しているらしい。タイヤが通過するであろう場所にクルミを置いている。オレは缶を空中に静止させたまま、その行方を見守った。一台のセダンが動き出した。クルミの上を通過したかに見えた。車が去った後、リズミカルに飛び跳ねながらカラスが近づいていく。しかしその直後、別の一羽が素早く下りたち、横取りした。残されたカラスが叫びながら後を追った。

今日一日の、自分たちの行動を振り返った。意気込んで久慈まで車を走らせたものの、無駄にガソリンを消費させたに過ぎなかった。しかしオレは真剣だった。塊太君の手足となり、知恵を振り絞って行動した。その気持ちに微塵(みじん)も嘘(うそ)はない。

塊太君は力なく笑った。

「ご、ごめん。つきあわせちゃって」

「オレのほうこそ力になれなくて」

「直次郎がいなかったら、こ、ここまで行動できなかった」

「まぁオレたちの旅は始まったばかりだ。ほら、塊太君」

オレはひとさし指を空に向けた。

「あの星のように輝かないと。なくしちゃ駄目なものが青春にはある」

「きっ、霧でなんも見えない」

「心で見るんだよ、塊太君。本当に大切なものは目には見えないもんだ」

「そう、そうか」

我ながら臭い台詞（せりふ）だ。普段だったら吹いていたかもしれない。しかしその言葉は、疲れ果てていたオレの心にしっかり突き刺さった。塊太君には見えているのかもしれない。霧の張りつめた夜空の奥に輝く、こぼれんばかりの星くずの群れが。

「腹へったなー」

オレは、空き缶をコンソールボックスに納めながら言った。

「な、直次郎、いくらある」

「千円札が一枚だけ。財布は部屋に置いてきちゃった。塊太君は」

「か、缶コーヒーを買ったからゼロだ。さ、財布は闘牛場のロッカーの中にある」

「コンビニでおにぎりでも買おうよ」

「うぃっ、うぃっ」

塊太君は幾度もしゃっくりをした。

「どうしたの？　なにか心配でも」

「ガ、ガソリンが尽きかけている。給油しないと帰れない」

「嘘」

「う、嘘じゃない」

「……落ち着こう、とりあえず考えよう」

オレたちは顔を見合わせて互いに頷いた。

「心頭を滅却すれば火もまた涼し、心の持ちようで苦痛も感じられなくなる、ってことだよ」

「で、でもお腹すいたね」

「あそこの店に行ってみようよ。売れ残りにありつけるかもしれない」

オレたちは車を降りた。道路を挟んでやけに古びた店がある。店というより、自宅の玄関を改築した売店といった雰囲気だ。店舗の前にテーブルとパラソルが設置されていた。腰の曲がりかけたおばぁちゃんが、難儀そうに椅子を重ねている。近づいていくオレたちに気づいて、頭のスカーフをとった。

「すみませんねー、もう看板です。今から片付けるところなんですよ」

「ちょっとお話がありまして。あのう」

オレはおおげさな猫撫で声を出した。そのわざとらしさにおばぁちゃんの表情が一変した。

「聖書なら間に合ってるよ。あたしゃ生まれてこのかた無宗教なんだ。幸せの押し売りはごめんだよ。しっしっ」

「宗教じゃないんです、ご飯を食べさせてもらえませんか。店の片付けを手伝いますから、おにぎりを恵んでください」

塊太君はその横で、プラスチックの白椅子を猛然と重ね始めた。

「恵んでくれ、って金がないのかい」

「実は事情がありまして」

じろじろオレたちを眺め回してきた。塊太君はその視線の棘に目もくれず、ふきんでテーブルを拭き始めた。一心に手を動かした。

おばぁちゃんは前掛けのポケットから煙草を取り出してくわえ、首を曲げて百円ライターを擦った。

「椅子はそっちだよ、パラソルは束ねて店の中へ入れとくれ」

カウンター席が十ばかり、手書きのメニューが画鋲で留められた店内の床は油でぬるぬるしていた。ビニールクロスが剝がれてガムテープで留められているのを、見ないふりをした。お世辞にも清潔とは言い難かったが、背に腹は代えられない。

差し出されたのはおにぎりふたつと沢庵一切れ、味噌汁。オレたちは夢中で飛びついた。煮詰められた味噌汁の塩辛さが、一日じゅう走り回った空きっ腹に染みわたる。隣で塊太君が音を立てて箸を動かしている。彼はこれが本日三回目の食事になる。

「すまないね、残り物しかなくて」

「こちらこそありがとうございます。とても美味しいです」

「まぁゆっくり食いなよ、犬じゃないんだからさ」

「ふぁい」

おばぁちゃんは、カウンター越しに表情を和らげ、言った。

「美喜さんっていったっけ？　女冥利につきるね、追いかけてきてくれるなんてさ。そんなにいい女だったのかい」

「そりゃあもう。なんていうんでしょうかね、この彼とフィーリングがばっちりあったらしいです」

「お互いが気に入っていたかもしれないわねぇ。彼女も連絡先を教えそびれたことを今頃後悔してるだろ」

「そのとおりです。まったく神様は酷な運命を授けてくださる」

その会話を聞いている塊太君は、味噌汁をいつまでもふうふう吹き続けていた。

オレは二杯目の味噌汁を啜りながら、愛想笑いをした。おばぁちゃんは饒舌だった。いったん心を許すと、冷蔵庫から煮物のあまりやおひたしなどを出してくれた。そして熱燗のお銚子を一本持ってきてお猪口をふたつ差し出した。

「まだ未成年ですよ、オレたち」

「いいじゃないの。やませが吹くと飲まなきゃやってらんない。御神酒（おみき）だよ、御神酒。ほらほら、ふたりともお猪口をだしなさいって。あたしの酒が飲めないっていうの」

「い、いただきますっ」

　塊太君が元気よく返事をして両手で差し出した。オレもつられて同じようにした。ここで流れを断ち切ってしまうのは好ましくない。互いに目を合わせ、一気に杯を飲み干した。喉が灼（や）け、きつい香りが鼻に抜けていく。

「お兄ちゃんたち、高校生かい」

「はい。オレは一年で塊太君は三年です」

「人生が楽しい時期だ。闘牛大会のスタッフをやっていたんだって？　すごいね」

「えぇ、オレは初めての体験だったんですけど、この塊太君からいろいろ教えてもらいました。とてもやさしい先輩です」

　おばぁちゃんは手をたたき合わせて、かっかっか、と甲高く笑った。

　塊太君はまだ味噌汁を冷まし続けている。

「気に入った！　いいねぇ、男同士っていうのは。ところであんたたち、まだ食えるかね」

「く、食えますっ」

塊太君が即答すると、おばぁちゃんは椅子を立った。

「さっき知り合いの漁師が魚をわけてくれたんだ。まかないにしようと思ったけど、あたしひとりじゃ食いきれないから手伝っておくれ」

嬉しげに冷蔵庫を開け、後ろの流し台で魚をさばきはじめた。塩焼きかと思ったが、手間がかかっているようだ。下ごしらえした魚をさっとあぶり、なにやら振りかけると蒸し器に入れた。

「できあがるまで時間がかかるからね。さ、あたしにも注いどくれ」

今度は焼酎の一升瓶を持ってきた。お猪口一杯飲んだオレたちは顔を見合わせた。まさか一晩中つきあわされるのではないか、これ以上飲まされてはたまらない。

「ど、どうぞ！」

塊太君が、張り切ってコップに注いだ。ポットから湯を注ぎ足したおばぁちゃんは、満足げに傾けた。

「初めオレたちを見たとき、宗教の勧誘だと思ったんでしょ」

「そう。なんかうさん臭そうな二人連れが聖書売りにきた、って」

「そんなに不審だったかな」

「不審っていうより、思い詰めた感じがしたのよ。あとから話を聞いて納得したわな。女を求める男の目、っていうのはいつの時代もぎらぎらしてるもんさね、けけけ」

その目が、三日月になった。塊太君は耳まで真っ赤になりながらコップに焼酎を注ぎ足した。

オレはそんな様子を眺めながら、ひとり考えた。

美喜さんはたまたま知り合った係員に弁当を片付けるのを手伝ってもらったに過ぎない。知らない土地を訪れた興奮と、エイサーを見た感激が口をなめらかにしたのだろうか。もしそうであったとしても、オレは美喜さんと塊太君を再会させたかった。おそらく塊太君はつきあうとか、つきあわないとか、そんなことを考えてはいないだろう。また来てください、それだけを言いたいのだ。たとえ彼女が再訪しなくともいいのだ。芽生え始めたその想いを、言葉として吐き出させてやりたかった。

組んだ両手をカウンターに置いたオレの横で、塊太君がおばぁちゃんと盛り上がっている。ういっ、ういっ、と相槌をうち、それなりに話を合わせている。極度の人見知りのはずなのに珍しいことだ。

オレは、ますます声の大きくなったおばぁちゃんの、醤油の染みのついた割烹着を見遣った。ともかく彼女が上機嫌になったことは、好ましい進展だった。

「そろそろ蒸し上がったかね、どっこいしょ」

にこにこ目尻をさげながら、料理を運んできた。「ほら、召し上がれ」

大皿に盛られたのは魚の姿蒸しである。湯気に香りがまぶされている。

「イタリア料理みたいだ、すごい」

心から言った。

「ローリエとオレガノとニンニクを詰めてオリーブオイルで炙って、ワイン蒸しにしたんだ。アクアパッツァっていう料理だよ。さ、おあがり」

オレは、まず塊太君に勧めた。塊太君はとびつくように箸を伸ばし、いける、と目を細めた。

「な、直次郎、ほんといける」

「どれどれ」

頭の大きい赤い魚は、しっかりした白身だった。ぱさつきはなく、洋風の味付けがことのほか合う。頭の後ろの身に、出汁が染みていた。オリーブオイルがその味に馴染みきっている。

オレたちは声を上げてその腕前を褒め称えた。

「つくった甲斐があるね」

オレたちは夢中になった。ハーブ蒸しが出てきたことに驚きを隠せなかった。場末の飯屋といっては失礼だが、もつ煮込みやイカポッポというお品書きの貼られた店構えに、白ワイン蒸しがあるとは思いもつかなかった。

「これ、人気メニューなんでしょうね」

おばぁちゃんはかぶりを振った。

「いつもは味噌汁にして出してる。カナガシラは、頭からとびきりの出汁がとれるから
ね」

「おばぁちゃん、洋食の経験もあるの？」

「あるわけないよ。この料理は息子が教えてくれたのさ」

「えっ」

「イタリアで腕を磨いていたんだよ。地元の食材をつかって仕事がしたい、って五年前
に戻ってきてね」

「この久慈にですか？」

「いいや、宮古（みやこ）のホテルに就職したわ。総料理長としてね」

さぞかし優秀な料理人なんですね、と水を向けるとおおきく頷いた。

「こんな一膳飯屋から、イタリアに修業にいったんだ。手前味噌だけど自慢のひとり息
子ですよ、ははは っ」

ほろ酔い気分をとうに過ぎ、やたら口数が多くなった。我が子にかける期待の大きさ
が、ひしひし伝わってきた。

「まぁあんたらも飲みなさいよ。今夜の酒はとびきり美味しい」

コップを差し出された。塊太君は嬉しそうに受け取った。やれやれ、今度は焼酎か。

躊躇(ためら)っていると塊太君が一気に飲み干した。釣られるようにオレも喉に流し込む。蒸留酒が、一気に鼻に突き抜けて、ぐるぐる天井が回り始めた――。


目が覚めて、オレはあわてて毛布をはねのけた。

ここはどこだっけ。あたりを見回すと、どこかの家の茶の間らしい。古びた柱時計が振り子を刻んでいた。

「塊太君、起きろよ。朝だぜ」

「おっ、おはよう。ここ、どこ」

襖(ふすま)が開いた。

「よく眠れたかい」

オレは正座に座り直したが、塊太君は目を擦(こす)ったまま寝ぼけ顔をくずさない。

「あたしゃびっくりしたよ。ふたりとも焼酎一杯でひっくりかえっちゃうんだから……。もちろん酔いはさめただろうね」

そりゃもう、とおばぁちゃんに答えた。そう、焼酎を飲み干したまでは覚えている。相槌をうつうち、ぐるぐる天井が回転し始めて意識を失ったらしい。

「あんたら、急ぐのかい」

「全然急ぎませんよ」

「まっすぐ家に帰るのかい」

「いえ。そこらを流してのんびり帰りますよ」

「あのね……」

おばぁちゃんは急に膝を正した。

「のんびりついでにひとつ頼まれてくれないか」

すこし間をあけて言葉を続けた。

「宮古へ届け物をしてもらいたいんだ、もちろんただとは言わない」

膝に手を当てて立ち上がると、後ろの戸棚を開けた。取り出した風呂敷包みは一升瓶だ。それに茶封筒を添えて、オレに握らせてきた。

「息子も闘牛が大好きだったんだ。中学の時から毎年バスで見物に通っていたっけ。あんたらを見たら昔を思い出したよ」

本当は朝ご飯をご馳走したいんだけど仕込みがあるからね、と頭を下げた。

塊太君は、あ、朝ご飯ないの、とおばぁちゃんに訊き返していた。

それから十分後。手を振るおばぁちゃんをルームミラーに眺めながら、軽トラは発進した。報酬とガソリン代だというには二万円は多すぎないか。オレと塊太君を信じて使いを頼んでくれたと思うと、やる気が出てきた。人間は信頼されるとむくむく力が湧いてくるものだ。なんとしても息子さんに届けなくては。それが男というものだろう。

「でも、予想外の展開だな。おばぁちゃんには世話になったから無事宮古に届けないとね」

「そ、そうだよ。あぁ、昨日母さんにメールしといてよかった」

「だけどオレの親戚の家に行くなんて、しらじらしくないか」

「だ、大丈夫。仙台の直次郎のおばさんちに泊まるということを完全に信用している」

闘牛大会の翌日をいれた三日間、牧場の仕事は休みだった。〈お前たちはよく働いてくれたから盛岡にでも遊びに行ってこいや〉。お父さんのはからいでオレたちは束の間の夏休みをもらっていたのだ。明後日までは自由の身、軽トラは牧場のサブで、メインはトラックと乗用車だからオレたち専用の足になる。大げさに言えばこの期間はどこにでも行ける。

昨夜、飲酒のせいで運転できなくなったとき、オレは塊太君に進言した。お母さんに、久慈のネットカフェに泊まるとメールしろと勧めた。塊太君が言われたとおりにすると、お母さんから返信があったが、その内容はたいそう心配している文面だった。塊太君によると、外泊するのは生まれて初めてのことらしい。小学校も中学校も、そして高校も修学旅行には行っていないそうだ。

オレは塊太君の携帯を借り、お母さんに直接説明をした。かみくだいて話をしてようやく許可をもらったのは、十五分後のことだった。

「宮古までどのくらいだっけ」

「ひゃ、百キロちょっと。二時間半」

「道はわかるの」

「四五号線をひたすら南下。だいじょうぶ」

オレは、膝の一升瓶を撫でさすりながら頷いた。

おばぁちゃんの母心だ。夏休みのかき入れ時で帰省できない我が子をねぎらうため、故郷の地酒を託したのだ。きけば今日は息子さんの誕生日だという。客商売というのは大変だ。人が休んでいるときに働かなければご飯が食べられない。

この日本酒を渡すとき、頭からスカーフをとって正座をしたおばぁちゃんの目は真剣だった。自分には免許もないし、店もあるしでどうしてもこの誕生祝いを届けることができない。宅急便でなく、じかに知り合いに手渡してもらいたかったのだ、と説明をした。女手ひとつで育て上げた一人息子は、高校を卒業すると東京のコンピューター関係の仕事についたらしい。しかし対人関係のトラブルで三年で退職した。その後フリーターをしながら都会暮らしを続けていたが、自分も母親のように料理の道に進みたいとレストランの皿洗いから再出発をしたという。その後イタリアに渡って修業し、今は宮古のホテルで厨房をまかされているという。その話に聞き入る塊太君はじっとおばぁちゃんの顔を見つめていた。対人関係のトラブルで最初の勤めを辞めた、息子さんの気持ちに共感しているのは間違いなかった。だからオレの袖をひっぱるように車に乗り込み、道路標識を目印に四五号線を南下したのだ。でもオレは、なんとなくしっくりこなかった。すこし伏し目がちのおばぁちゃんのまなざしと、こころなし哀しげな口ぶりが心に引っかかっていた。

「塊太君。息子さん、イタリア料理のシェフなんだろう。ミシュランの一つ星レストランで修業してた、って言ってたよね」

「い、一回食ってみたいなあ」

「こんど東京においでよ、そうだな、銀座がいい。金を貯めてさ、一緒に行こう。オレんちに泊まればいいじゃん。決定」

「い、いいのか」

「いいも悪いもお返しだよ。オレだって塊太君とこにお世話になってんだし」

四五号線を進むうち、海が見えなくなってきた。塊太君によると、左手、林の奥は切り立った崖だという。そういえばこのあたりは日本有数のリアス式海岸だ。社会の教科書に書いてあった。

昨日とはうってかわって天気がいい。オレは〈山賊の歌〉を口ずさんだ。昔、遠足のときや社会科見学のバスの中でかならず歌わされた思い出がある。

歌っていくうち、塊太君がおずおずあとを追いかけて輪唱が始まった。次第に歌声は大きくなっていく。やはりその喉はすばらしい。やっほー、やほほほ、と豪快に声をひびかせながらおんぼろトラックは進む。オレは確信した。ふだんはコミュニケーションがうまくいかない塊太君だが、歌であればすばらしい自己表現ができるのだ、と。

対向車は少なかった。輪唱が終わり、話も出尽くすとオレたちは自然と無口になった。お互い馴染んだせいか、黙っていても気疲れしない。まわりに家はなく、背の低い樹木と草地が広がっている。北海道と見間違えるような風景だ。夏でも寒風の吹く東北の森は、どこか引き締まって見えた。関東の公園に植えられている樹木より、むきだしの命が感じられる。雲が次第に多くなってきて、それは軽トラの周囲をすっぽり影の下に覆ってしまった。

マウンテンバイクのことを考えていた。久慈でおばぁちゃんの家にやっかいになって尻切れトンボになっていたが、話を聞いた限り美喜さんが乗っていたのは、オレのマウンテンバイクだ。さまざま考えを巡らせていたが、ひとつの結論に落ち着いた。

誰かがかっぱらったマウンテンバイクを、美喜さんは拾ったんだ。おそらくバス停から闘牛場へ向かう経路だろう。気軽な気持ちで無断拝借、といった感じだろうか。今頃バス停に乗り捨ててあるのかもしれない。帰ったらそのあたりを捜索してみよう。運がよければあの自転車はオレの手に戻る。

美喜さんに対し、憎しみの気持ちはなかった。この出来事が自分への戒めであるとはっきり悟っていた。高校に入学してから、幾度かママチャリをかっぱらったことがある。市民病院の駐輪場を探せば、鍵付きのモノが何台かは見つかった。仮病で早退し、バス時刻までの待ち時間がかったるいときそのやり方をした。家の近くまで乗っていってあとは駅の駐輪場に乗り捨てて帰るのだ。その頃、家はゴタゴタ状態が続き、なにもかもが面白くなかった。他人の自転車を盗み乗ることに罪悪感も感じなかった。その報いを今受けているのだ。人生はいつか裁かれるときがくる。知らぬ間に人を傷つけ、裏切ってきたかもしれぬ十六年を振り返りながら、オレはあるひとを思い出した。

「塊太君、あのさ」

「うん」

「オレさ、すごく好きな人がいたんだ」

「ペンダントの送り主？」

「鋭いね。そう、これをくれたひとは、年上だった」

ジーンズのポケットからちぎれたペンダントを取り出し、見つめた。熊の爪に装飾された銀細工は、わずかに黒ずんでいる。あのひとが肌身離さず身につけていた品を目にするたび、わずかに心が切なくなる。オレを大人にしてくれた年上の女性。おそらくもう会うことはないと思うが、別れ際に震えていた細い肩は、まだ記憶に新しい。

「オレは赦(ゆる)されるのか、いや、赦されたいんだろうな」

塊太君は無言のままだ。

「なんのために生まれてきたんだろう、そう思いながら生きていた気がする。その答えがわかるときがくるのかな、いや、わからないだろうな。思い通りにならないのが人生かもね。そういうふうにインプットされているんだ。オレも塊太君も、みんなそうだ」

「だ、誰がインプットするの」

「さぁ」

オレは白い翡翠（ひすい）を爪で撫で、ポケットにしまった。「なんか、オレたちってかっこいいね。そういえば塊太君、腹へらない」

「ペコペコだ」

「こうしようよ、次の町で一番先に目についた食堂に入る、っていうのはどう？　塊太君は魚介類は好きかな」

「だ、大すき」

「同志よ、我が輩も同じだ。特にホタテには目がないのだよ」

しばらく走ると坂道になって、眼下に商店街が開けてきた。しかしメインストリートはものの二分で通り過ぎてしまった。個人営業のスーパーマーケット、燃料店、ひび割れた看板の洋品店が点在するだけだった。うーん、と声を漏らしそうになったそのとき、塊太君が叫んだ。

「み、見ろよ、あそこ」

　港のすぐ横、真新しいプレハブの前に十台以上の車が停まっていた。オレたちは吸い寄せられるようにそこに車を滑り込ませた。磯ラーメン、刺身定食、焼き魚定食の文字が幟に躍っている。

　店内は混雑していたが、ひとつだけテーブルが空いていた。お冷やを持ってきてくれたおじさんに訊いた。

「何がお薦めですか」

「磯ラーメンセットがよく出るね。海の幸がたっぷり入ってるよ。あとは刺身盛り合わせや焼き魚かな」

　ふたりで磯ラーメンセットを頼み、焼き魚をつけてもらった。わざわざラーメンを頼んだのは、お客のほとんどがそれを頼んでいたからだった。大きめのドンブリに載せられた具は、ホタテ、エビが二匹、蟹の爪、イカ、ムール貝、ワカメ。それだけではなくエビフライと魚フライ、サラダ、漬け物、ご飯までついている。これで七百円とはにわかに信じがたい。

　客層は地元民らしく、野球のユニフォーム姿の小学生と、保護者らしき団体、白髪頭のおじさんたちが談笑しながら箸をすすめていた。

　オレは厨房に耳をかたむけた。暖簾越しの会話が信じられなかったのだ。

「魚、生け簀から出してきて。あとホタテも足りなくなったから取ってきて」

「あいよっ」

生け簀？　取ってくる？　まさか食材はまだ生きているのか。

「塊太君、横見てよ。すごいボリュームじゃない」

「こ、この値段で儲け出るのかな、しんぱい」

厨房はてんてこ舞いだ。鍋の噴き出す音や、ざくざく野菜を刻む音が聞こえてくる。店内を見渡すと、至るところにサイン色紙が飾られている。復活、という文字を目の端でとらえ、オレは黙り込んでしまった。

＊

お客の会話から、このプレハブ店舗が、震災後再開されたことをボクは感じ取っていた。献立の食材を、店主直々船を出して獲ってくることも理解した。今日の焼き魚はアイナメだよ。大きいのが釣れたからね、とか、港の生け簀にまだまだホタテがはいってるよ、といったおじさんとお客の会話を聞くのは楽しかった。そこから滲み出る生活の匂いが心地よい。

料理を待ちながら、申し訳ない気持ちになっていた。ボクの住む内陸部はそうそう被害もなかったが、この沿岸部は多くの人が命を失っている。以前の店舗も津波に流されてしまったに違いないが、再建したプレハブに集う人々の語らいが、ことのほか力強いのが救いだった。

「おまちどおさま」

ラーメンが運ばれてきて、ボクと直次郎は顔を見合わせた。目の前に出されると、あらためて言葉を失う。魚介類が載った丼は麺が見えない。焼き魚は皿から頭と尻尾がはみ出している。ラーメンセット七百円、焼き魚三百円、これで千円とは信じられない。

まずラーメンに箸をつけた。ホタテはむちむち身が詰まり、エビも蟹もいける。細麺が塩味に合う。隣のテーブルのおじいさんは具材をつまみに缶ビールを飲んでいた。

フライも揚げたてで、パン粉が歯に沁みる。ボクたちは夢中で掻き込んでいった。

復活した人々の笑い声で、狭い店内はにぎやかだった。自然と会話が耳に飛び込んでくる。

「うめぇな、やっぱりここは塩味だよな」

「この磯ラーメンもいいが、お前知ってるか？　北上に死ぬほどうまい味噌ラーメンがあるぜ」

「そんなにうまいのか」

「うまいのうまくないのって。お薦めはスタミナラーメンで、バターと生卵がトッピングされているのよ。でな――」

後ろのふたりは、よほどのラーメンマニアらしかった。

食事を終えて店を出た。目の前の岸壁、カモメがのどかに波間に浮かんでいる。仮設トイレや新しい電柱を見るにつけ、ここを洗った波のすさまじさを思わずにいられなかった。

「塊太君、あれ」

直次郎が声を高くした。それはプレハブの裏手にある、丘の上の神社だった。小さな社の間際まで白い流木が盛り上げられて固まっていた。

「あそこまで波がきたんだ……」

「に、二十メートルはある」

背の高い杉木立に覆われた丘の社は、粉ぶいてたたずんでいた。

それらはうすく靄がかった霧に覆われ始めていた。いつしか曇天が濃くなっていて、遠くのほうで黒々した雨雲が山並みに寄りかかっていた。

「い、行こう」

「そうだね」

ハンドルを握りながら、あの流木が骨に思えて仕方なかった。自分の知らない世界の舞台裏を見せつけられ、動揺に胸をつき動かされていた。おそらく直次郎も遠からぬことを考えているのだろう、一言も口をきかない。

時計を見ると、まだ時間がある。

宮古には午後三時に行くように言われていた。調理場の仕込みが一段落つく時間なのかもしれない。それはそうだ、忙しい厨房を訪ねていっても迷惑なだけ、なんといっても息子さんは総料理長なのだから。ボクはそう思いめぐらす一方で、誕生日プレゼントの地酒を手にした、息子さんの顔を想像した。

話がどんどん転がって、行き先が宮古になってしまった。これはこれで面白いが、初めての外泊はボクにとっての大冒険だ。こんなにも長いこと家を離れたことはなかったが、直次郎が引っぱってくれたからボクもついていけたのだ。

「な、直次郎、鵜って知ってる？」

気を取り直して助手席に問うた。

「鮎をつかまえる鳥のこと？」

「そ、そう。その鳥は面白い習性がある」

「一夫多妻とか」

「ち、違う。断崖絶壁に巣をかまえる」

「なるほどね、それがどうかしたの」

「も、もうすこし走ると田野畑村。そこに〈鵜の巣断崖〉がある。寄ってこう」

「時間調整ってわけだね、塊太君」

アクセルをふかした。標識通り進み、大きな看板を左折すると、とたんに雲行きが怪しくなってきた。さきほどまで太陽が顔を出していたのに、松林の奥から霧とも雲ともつかぬ塊が押し寄せている。

風が出てきた。この季節風が海岸通りに濃霧を発生させ、太陽にマントをかぶせてしまう。岩手県民でやませを知らぬ者はいない。放牧と畑作で飢えをしのいできた人々の苦悩が、風にまぶし込まれてどこまでも鼓膜を震わせた。

ひびの入ったサイロが見えてきた。馴染みのある光景だが、山間の我が家とは違い、牛は平地に放たれていた。どこまでも障害物のない風景、やけに強い風が荷台に叩きつける。窓にぶつかる風圧の奥に杉林を見た。斜めに傾いでいるのは風向きに耐えて生長した証だろう。

有刺鉄線で道路と区切られた草原で、うなだれている数頭の馬を発見した。いかにも頼りなげに、わびしく目に映った。駐車場に到着して車を降りる。ここに立ち寄ろうとしたのは、直次郎に太平洋を見せてやりたかったからだ。昨日ダムから見下ろした水平線の全貌を、披露したかった。ボク自身も海と対峙したい気持ちもあった。しかし立ちこめてきた霧に目論見は外れたようだ。

周囲には誰もいない。やせこけた黒松が腰を曲げて林立し、波が遠くから響いている。枯れ松葉が枝の下に敷き詰められているが、かなり厚みがあるように見える。年中湿ったような地面を掘れば、死体でも埋まっていそうだ。ミルク色のベールをかぶせられた冷たい風景はボクの心を硬化させていく。

振り向くと直次郎と目が合った。ボクはわざとおどけて駆け出した。

展望台の先で、水平線はぼやけかすんでいた。足下から切り落とされた崖下に波が打ち寄せている。緑がかった海の表層は、そぞろに岸壁に打ち付けて、尖ったしぶきを散らせた。

ボクは直次郎と手すりにもたれかかって沖を見つめた。ぼやけた水平線の先にはなにがある。鳥の声がしたが、それが鵜なのかはわからない。

霧の粒が瞳に触れてきてボクは目をしばたたく。ぎざぎざに入り組んだ断崖に、波が歯を立てて縁をかがっていた。

一艘の小舟が操業している。網をかけているのだろうか、その動きはどこまでもまどろっこしくて頼りなげだ。直次郎とふたりで、しばらくその舟の航跡を目で追っていた。やませはますます強まっていった。

約束の時間のすこし前だった。

四五号線をひたすら南下、山の中の険しい道をたどっての宮古入りだ。天気が持ち直したのが救いだった。町に入る手前の丘で、路肩に見慣れぬ標識を見ていた。〈津波到達地点〉と書かれている看板だった。そこは海を見下ろす小高い道路だったが、津波はそんな場所まで上がってきたのだ。ボクは言葉少なになった。直次郎も黙りこくっている。市街地に入ったが、道沿いに広がるのは、嵩上げされた土盛りだけだ。所々に残る家のコンクリ基礎が、かつてそこにあった風景を思い起こさせた。震災から数年経った今も、その爪跡は消えていない。

「塊太君」

「う、うん」

「妙なんだよ」

　直次郎がけげんそうに首を傾げる。

「おばぁちゃんに書いてもらった地図。このあたりに間違いないんだけど、電柱に貼ってある番地を見る限り、更地しかないよね」

「た、建物なんか見あたらない」

「ホテルなんてどこにもありやしない」

　角張った盛り土の間を、ボクたちの軽トラはうろついていた。門柱だけある場所や、月見草の繁った空き地も多く、それを眺めるうち、不安な気持ちにおそわれてきた。まさかあのおばぁちゃんが人の悪いいたずらをするわけがない。口をつぐんで徐行していった。

らちが明かないので車を降り、ボクたちは地図を頼りに歩き出した。

どう見てもここに人が暮らしている雰囲気はない。

「こ、この電柱の番地に間違いないよな」

「うん。たしかにここだ」

目の前にはだだっ広い更地が広がっているばかりだ。真新しい土砂で突き固められた、数百坪はあろうかという敷地と、これから整備されるであろう草地があるばかりだ。

「塊太君、あれ！」

直次郎が叫んだ。

重機で均(なら)されたばかりの土地に真新しい板碑(いたび)が建てられていた。なにか言おうとしたが、それを口に出してはいけないような気がした。ボクは拳をつくりながら、別れぎわのおばぁちゃんを思い出していた。闘牛好きの息子さんを語るその口ぶりはどこか沈んでいた。息子も闘牛が大好きだったんだ、と言っていた。ボクはその言葉を心でつぶやき、はっとなった。〈大好きだったんだ〉。たしかに過去形で語ったのである。

「直次郎」

「うん」

「こ、これって震災の慰霊碑だよね」

「そうだ、慰霊碑だ」

ボクたちは軽トラに戻って日本酒を取ってきた。

正方形の御影石（みかげいし）に刻まれていたのは〈鎮魂〉という二文字だった。花と線香が供えられ、お参りの形跡が残されている。裏にまわると〈宮古ホテル跡地〉としるされてあった。


ここにホテルはあったのだ。おそらく息子さんはそのとき被害に遭い、命を絶たれた。

線香の煙る慰霊碑と対面し、苦い息を胸から吐き出した。心底うなだれた。

直次郎が風呂敷から日本酒を取り出し、碑の前に供える。ボクたちは砂地に膝をついて手を合わせた。潮騒（しおさい）とカモメの声がやけに心に染みてくる。

突然、鐘が鳴った。力強く、魂をゆさぶるように。背中を力強く押してくる音色は、三時に合わせて鳴らされるのだろう。きつく黙想したままのボクは何も言えなかった。

直次郎も口をわななかせている。

日本酒を手渡したおりの、おばぁちゃんの笑顔が思い出された。イタリアで料理の腕を磨き、岩手に戻った息子さんは生き生きと厨房を取り仕切っていたに違いない。その息子さんを失ったおばぁちゃんの気持ち、誕生日に託された地酒の重みが、どっしり効いてきた。昨日喉に流し込んだ、生まれて初めての酒の味がよみがえってくる。胸が灼けてくる。大切な、大切な約束を果たした結果、胸に残ったのは、やるせない想いだった。

「……ボクたちを息子さんとだぶらせたのかもね。命の大切さをわかってほしかったのかもしれない」

「うん」

　ボクは言った。

「な、直次郎」

　海沿いの防波堤に、列をこしらえて歩いている一団が見えた。先頭のひとりがハンドマイクを手にしている。直次郎が、地元のガイドかな、と言った。

　たしかにそれは一般観光客には見えなかった。あれは防潮堤だ。かつてつくられた津波よけだ。今回の震災はその砦(とりで)をやすやすと越え、ここにあった町を消失させたのだろう。人々の列は、逆光気味の陽射(ひざ)しの中で、空を背に浮き上がっている。その影の形が、目をいつまでも釘付(くぎづ)けにさせる。喉はからからだ。おばぁちゃんから託された地酒の意味あいを思うにつけ、ますます飲み物がほしくなった。

　町が消えてしまった現状を目の当(ま)たりにすると、人間はなにも考えられなくなる。あの当時はテレビをつければ震災一色で、崩壊した家屋を見るにつけ、戦争のようだと思っていた。今、東京でこの東北を気にかけている人はどれだけいるだろう。

　軽トラに乗り込んでも、直次郎は無言だった。なにやら考え込みながら口を結んでいる。震災の現実にむきあった今、その心中はなんとなくわかる。多分ボクと同じことを考えているのだ。

「な、直次郎、盛岡いこう。内陸部を通って帰ろう」

「道はわかるの？」

「ひ、一〇六号だ。いっぽん道だよ」

軽トラは一路内陸部へ鼻先をむけた。

無言の車内は空気が重苦しかった。前触れなく目にしたあの更地の慰霊碑が、心にのしかかっていた。震災から数年を経た今でも、復旧は順調に進んでいるわけではない。ここに来る途中、数回仮設住宅脇を通ってきた。それらは同じ箱で、小さな窓ガラスが太陽のほうを向いていた。

進んでいくうち景色が様変わりしてきた。一転して山が険しくなる。民家はなく、切り立った山の底に一本道が続いているだけだ。濃い森の色を幾度も見返した。だんだん寂しくなってきた。

「塊太君、この道、通ったことがあるの？」

「な、何度も来てるよ。このさきの川井（かわい）に父さんの師匠が住んでいる」

「牛の師匠か」

「の、野芝のせんせいさ」

「なんもねぇな」

「で、でもこの先には遠野がある」

「遠野っていうと、〈遠野物語〉か」

「い、岩手県中部、北上高地の小盆地内にある市。一九五四年遠野町と綾織、小友、附馬牛、松崎、土淵、青笹、上郷の七村が合体して市制。人口三三四六四人、一九七〇年調べ。市街地を形成している旧遠野町は人口約一万」

ボクは運転しながらすらすら説明した。

「すごいなぁ、物知りだね」

「と、父さんが昔買った百科事典で知ったんだ。今人口はだいぶ減っているだろうけどね」

「塊太君は天才だね。ジョジョに変身したかと思えば〈ラブユー赤坂〉も歌える。そのうえ記憶力もすばらしい。スターだね、マジで」

「ういっ」

直次郎はコンソールに置いてあるコーヒーの空き缶をマイクがわりにした。いつもの遊びのスタートだ。

「さぁ、いよいよ審査の結果がでました。全日本歌謡選手権、ここさいたまスーパーアリーナは二万五千人の熱気であふれています。歌い終わった選手は十名、さて栄光は誰に輝くのでしょうか。発表します！　ドロロロロ……」

もうひとつの缶をボクの左手に握らせる。片手運転をしながらすこし身を固くした。

「十二番、優勝は〈ラブユー赤坂〉を歌った北川塊太さんです。さぁ、北川さん、真ん中へどうぞ。優勝のお気持ちをお聞かせください」

「いやぁ、信じられません。夢のようです」

「夢じゃないですよ、全国から選ばれた選手の中での優勝です。どうでした、今日の調子は」

「はい、想いをこめて全力で歌い切れました。その心が皆さんに伝わったのだとしたら、これほど嬉しいことはありません。最高です」

何十回と繰り返された優勝ごっこは、いつも同じ内容に終始した。ボクは、一言一句同じ会話でなければ納得できない。紙に書いた文句を読み上げていくうち、直次郎もすっかり台詞を暗記してしまった。

「それでは北川塊太さん、はりきってどうぞ！」

歌声がダッシュボードを揺らし始める。今日も喉の調子はいい。ボクはやはり歌っているときが一番幸せだ。

歌い終えると、缶を戻した直次郎が、あのさぁ、と言った。

「行き先、盛岡じゃなくて遠野にしない。オレ、いろんな所に行ってみたいんだ」

「さ、賛成。旅はいきあたりばったりのほうが面白い」

アクセルを踏み込む。かろやかに弾むふたつの声が、梢に吸い込まれていく。

夕方の波が街を染め、薄い紫がたちこめている。

国道を行き来する車のヘッドライトがまたたきを繰り返し、ときどきそこにクラクションが入り混じった。窓から流れ込む夏の夕暮れは、いつもとは違っている。ボクが嗅ぎ慣れている牛糞や干し草のそれではなく、ここ北上を覆うのは、アスファルトに漂う排気ガスの残り香だ。

記憶を頼りに一〇七号線から四号線に抜けたボクたちだった。一度通った道は確実に覚えている。これでも方向感覚には自信がある。一〇六号、川井を左折し遠野入りした。

遠野は言わずと知れた民話の里だ。ほとんどの民家が茶色の屋根で統一され、昔ながらのお屋敷も多かった。国道沿いにずっと土手が続き、えんえん桜並木が続いている。今度は二人で春に来たいものだ。

思いのほか早く遠野入りした結果、直次郎がまた面白いことを提案した。夕飯にはまだ早い、どうせだったらその先の北上を目指そうともちかけてきた。その目的は、〈死ぬほどうまい味噌ラーメン〉を食うことだった。昼間磯ラーメンを頼んだ店で仕入れた情報を、ボクも思い出していた。あの二人連れが話していたスタミナラーメンの店は北上市にあった。ボクも直次郎も大のラーメン好き、三食ラーメンでもいいくらい。将来はラーメン評論家を目指そうとうそぶく直次郎は、その真意はともかくとても張り切っていた。

そんなこんなでの北上入りだ。ボクは直次郎にぐんぐん引っぱられながら、今までにない心の軽さを覚えていた。

「店の名前はわからないけど、地元の人に訊けば大丈夫だよね。しっかし、スタミナラーメンって一度聞けば忘れられないネーミング」

「バ、バターと生卵がトッピング」

「ふうむ、若い拙者らにそんなにスタミナは必要ないであろうが」

「ま、まことにその通りでござる」

「ときに塊太殿、運転大儀であった。疲れてはおらぬか」

「だ、大丈夫じゃ。遠野からの一〇七号がずいぶんすいておったでな」

「いかがいたすか。すぐにスタミナラーメンを所望したいでござるか」

「じ、実は他にもお薦めがあるので候」

「なになに、それは初耳。越後屋、詳しく話せ」

「お、お代官様、実は北上にはアメリカンワールドなる桃源郷がございます」

「ほほう。ここ岩手にあってアメリカとな。実に興味深い」

「ゆ、愉快な観覧車がございます」

「余も見たい。越後屋、そちらへやってくれ」

「しょ、承知しました、お代官様」

時代劇に突入しながらも、ボクの内心はどきどき高ぶっていた。

月がフロントガラスを追いかけてくる。夏の月は薄く張り付きながらボクを見守っていた。道が混み始めてきて、車間距離をとった。

アメリカンワールドは、家族四人でたまに訪れていたショッピングモールだ。駐車場中央に観覧車があり、ボクはそれに乗るのが大好きな子供だった。父さん、母さん、兄貴とボクで川井の帰りによく立ち寄ったものだ。岩手県にいながらにしてアメリカを感じることができる。なによりも名前が気に入っていた。村から離れた都会の学校でひとりぼっちのボクにとって、観覧車こそがオアシスだった。

初めて行ったのは三年生のとき。冬の夜だった。雪の中に出現した車輪型のネオンは、夜空に冴え冴えと輝いていた。乗り込んだのは受付の終わる間際だった。誰も列をつくっていない乗り場で、ボクたち家族はひとつのゴンドラに乗り込んだ。うっすら雪をかぶった北上の街並みが、見渡せた。暖房のない窓が曇ってきたが、ボクは一心に窓ガラスを袖で拭い続けた。すごいね、父さん、綺麗だね、母さん。兄ちゃん、楽しいね。興奮を抑えられなかった初めての夜は、いまだ鮮やかに刻み込まれている。

最後に行ったのは五年前、中一の春休みのことになる。兄貴があの事故に巻き込まれる年のことだ。よくよく考えれば、ボクが北上に足をむけるのはそのとき以来になる。ボクにとってはディズニーランド以上の価値があった。夜空に浮かんだネオンは消えない花火だ。四人で見下ろした夜景を思うにつけ、胸は締めつけられる。アメリカンワールドにはなんでもある。ハンバーガーやお寿司も売っている。あそこに行くだけでしあわせになる。

「今回の冒険はふたりだけの秘密だ」

「ひ、ひみつ」

直次郎の提案に心から頷いた。とはいえ、後ろめたさがないわけではない。ましてボクが外泊するのは生まれて初めてのこと。直次郎にひっぱられた形で家を後にしたが、彼の行動力にあこがれていたこともまた事実。息をひそめながら秘密を分かち合うことは心地よかった。

旅慣れた直次郎の話をきくうち、同じように冒険がしたくなっていた。いつしかそのペースにはまってしまい、気がつけばずいぶん遠くまでやってきた。いつも父さんの助手席でこの北上までできていたが、今ボクは自分で運転して小旅行を楽しんでいる。

「あ、安全運転でいく」

「そうそう。飛ばさなくても時間はあるでしょ」

「は、八時まで観覧車はやっているから」

「オッケー」

そんな会話を交わしながら、この道中に芽生えた絆が、わずかずつ太くなっていく手ごたえを感じていた。ふいに父さん母さんの顔が思い浮かんだ。ばれれば怒られるかもしれないが、道中は格別だった。こんな体験をもたらしてくれた直次郎は、本当に不思議な奴だ。どもってばかりのボクに気さくに話しかけてくれた。もしかすると人と人は、ほんのわずかなきっかけで理解し合えるのかもしれない。心の中ではいくらでも喋れるボクだが、それを口にすることは難しい。そんなボクにも初めて心を許す人ができた。ありがとう、直次郎。

「塊太君、あのホテルの陰にある観覧車かい」

「う、うん」

そう、間違いない。国道沿いのホテルの曲がり角にアメリカンワールドはある。信号を抜け、なつかしい敷地に軽トラは停車した。ブレーキが鳴りわたった。

ボクは直次郎が止めるのも聞かず、駆け出していった。あれ、こんなに小さかったかな。小学生のときはもっと大きく感じていたのに。夜空を背に、赤と紫の花火が目に刺さる。受付のおじさんがボクたちに目を留めると、途端に口元をあげた。料金を払って、乗り込む。ゆるやかにゴンドラが上昇し、駐車場の車が小さくなっていった。

目線が上昇していく。駐車場全体が見渡せるようになり、ついで北上の街並みが一望できた。そのときボクは、昼間、直次郎と見た鵜の巣断崖の夜を思った。沖にイカ釣り船の灯がともるところを想像した。水平線も空も一緒に塗り込められた空間に、それらの明かりは夜通し輝く。漁船の灯と街の灯が見事に重なった。

初めて乗った冬はとても空気が澄んでいた。光の屈折や、大気や気温の違いかもしれないが、夜景の瞬き(またた)が夏より派手だった。蜃気楼(しんきろう)っぽい背伸びを繰り返していた。

口を結んだ直次郎が、ボクの隣に映っている。ガラスに目を合わせてきて、こう言った。

「人間はちっぽけだ。オレは人生について考えたくなった」

真剣な口調だ。

「将来どんな仕事につこうかな。車の修理工場にでも勤めようかな」

「い、いいんじゃないの」

「塊太君は夢があるの」

「わ、わかんない」

「歌手はどう？」

「かっ、歌手！」

ボクは思い切り目を開いた。歌に自信はあるものの、それで飯が食えるほど世の中甘くはない。

「オレが専属マネージャーになるからさ。塊太君だったらグラミー賞も夢じゃない」

直次郎は笑っていなかった。いつものおどけた顔でなく、手を組みながら言葉を吐き出した。

「塊太君は十年に一度の才能だ。保証するよ、ぜひ業界のトップを目指してほしい。それとも牛の仕事をするって決めているの?」

ボクはドキリとした。あの村から逃げてしまいたい本心を見抜かれたのかと思った。直次郎は黙ってボクを見つめている。その目は瞬きすら忘れている。

「わ、わるくない。歌手、わるくない」

ボクは力強く答えた。全身に力がみなぎっていた。気がつくと、観覧車は上昇を終えて下り始めていた。歌手という進路は考えてもいなかった。もしかするとボクの歌には、人を幸せにする力があるのだろうか。

*

塊太君から観覧車のことを聞いたとき、オレの心に兆したのはかすかなさざ波だった。懐かしい思い出が漏れだした気配があった。と同時に、苦さも一緒にこみ上げ、なにくわぬ顔でそれを引っ込めた。

人間はちっぽけだ。オレは人生について考えたくなった、塊太君への問いかけはオレ自身への問いかけでもあった。

親父とお袋の仲が壊れる前、家業は順調だった。経営する整備工場が傾きだしてから、互いをののしるようになっていった。不渡り手形をつかまされたのがケチのつき始め、そのうち資金繰りにも困り、仲のよかった親父とお袋は毎晩言い争いを繰り返すようになった。やがて親父は手をあげるようになった。オレはそんな親父を羽交い締めにしようとしてそのたびに振り飛ばされていた。

そんなある日、オレはとうとう親父に刃物をむけた。馬乗りになってお袋を殴り続ける首筋にカッターナイフを当ててしまった。そのとき刃を数センチずらせば今頃オレはここにはいない。親父は振り上げた拳を空中で一時停止させたままで、オレも身体を固めていた。

結局床にカッターを投げ捨てて場はおさまったのだが、その日を境に家はめちゃくちゃになった。お袋は新興宗教にのめり込み、親父は月に数度しか帰らなくなった。

そうした暮らしの中で、時々思い出すのが遊園地の観覧車だった。親父の兄貴は遊園地の近くに住んでいた。オレたち一家は伯父さんの家に遊びに行くたび、そこで観覧車に乗って楽しいときを過ごした。

その遊園地も数年前閉鎖されてしまい、二度とあのゴンドラに乗ることは叶わなくなった。オレの家庭が崩れるのと時を同じくして、倒産した遊園地。かつてはその帰りに、ショッピングモールのフードコートで食事をし、玩具を買ってもらったこともなつかしい。そうした記憶を久しぶりに嚙みしめていた。

観覧車が回っている間じゅう、塊太君は食い入るように下界を見つめていた。オレはオレで、この北上に至るまでの旅を振り返っていた。

さまざまな人にお世話になった。出会ったばかりでご飯をご馳走してくれ、家に泊めてくれたおばちゃんがいた。トラックの助手席にただで乗せてくれた運転手もいた。そして旅先で雇ってもらったバイト先のお姉さん……。もちろんいい人ばかりじゃない。騙されそうになったり、やりたくないことを無理強いされたこともあった。しかしそんな旅の過程が、オレに生きることの意味を考えさせた。人生、という単語は気軽に口に出すもんじゃない。でもオレが塊太君につぶやいた言葉は、嘘偽りのない本音であり、それを言わせたのはほかならぬ塊太君だ。ありのままでひたむきな心が、オレに本音を吐き出させた。不思議な魅力が彼にはある。もじもじして言葉をつまらせたりもするが、嘘をつくことのできない人柄に、オレはいつしか惹かれていた。なによりも気性があった。一緒にいても全然気疲れしない。同年代の友達がいないオレにとっては珍しいことだった。年上とはそれなりに人づきあいができるが、同じ歳のやつとはどういうわけかつきあいが続かない。塊太君は、オレが心を許した初めての友人かもしれなかった。

「――直次郎」

「あっ」

「ど、どうしたの。さっきから呼んでるのに」

「ごめんごめん。ちょっと考えごとしていた」

「ス、スタミナラーメン食いにいこうぜ」

「あぁ、そうだね。訊いてくる」

　気がつくと一周を終えて、もうすぐで降り場だった。オレたちは降りるなり受付のおじさんに訊いてみた。すぐに答えが返ってきた。

「みちのくラーメンだよ。万世（まんせい）のはずれにある名店だ」

「うまいんですか」

「あそこの味噌はひと味ちがうよ。なんせタクシー運転手御用達（ごようたし）だから」

　オレたちは軽トラを飛ばして店を探し、店舗を発見して小走りに飛び込んだ。

　出てきた丼は具があふれそうだった。噂にたがわず、ネギやコーンの載った味噌ラーメンを、まずレンゲでスープから味わった。

　濃い目の味噌にたっぷりニンニクが効いている。これはくせになる。オレと塊太君は、この日二杯目になるラーメンを夢中で啜り込んだのだった。

　店を出たのは八時過ぎだった。

　夏の夜の底はまだ街明かりを反射させ、行き交う車の音が遠くで響いていた。

「塊太君、このあとどうする」

「ネ、ネットカフェを探すか」

「それもいいけどさ、野宿しない」

「ま、まじで」

「うん。屋根さえついていればなんとか眠れるもんだよ。オレ、公衆便所の軒先で寝たこともあるし、廃車の中で寝たこともある。鍵のかかっていない倉庫を借りたこともあったっけ」

「不法侵入だろ、まずいよ」

「やだなぁ、人聞きがわるい。ってことでどこか場所を探そうよ」

「うーん」

戸惑う塊太君の肩を叩き、俺は愛車の助手席に乗り込んだ。

ホームセンターで一九八〇円のテントを買って河原に寝ることも考えたが、無駄な出費は抑えたい。屋根、せめて屋根のあるところ――。

「ねぇ塊太君、ものは相談だけど」

オレは訊いた。「道路沿いの東屋(あずまや)なんてどうかな。あそこ、夜露はしのげるしベンチはあるしで結構過ごしやすいよ」

「あ、東屋ね。直次郎は何回くらい泊まったの」

「この夏は三回かな。そこそこ快適だよ」

「乗った！」

話は決まった。四号線から外れてもらうことにした。それは旅を続けてきたオレの、山勘だった。東屋は公園や道の駅によく併設されている。こうした通行量の多い街中より、どちらかというと峠や町と町の境界付近に多い。

「東屋は峠に多いんだよな」

「じ、じゃあ樺峠にいくか」

「どこにあるの」

「さ、さっきの一〇七号をもどる。あの道沿いに東屋があったからね」

「そんなのあったっけ」

「う、うん。林の陰でわかりづらかったけど、チョコレート色の屋根をたしかに見たよ」

「よし、出発進行！」

「しゅっぱつしんこう」

塊太君がイグニッションをひねると、軽トラは勇ましくタイヤを軋ませた。

さきほどの道を戻ること三十分、すっかり街中を離れ、ハイビームに照らされた雑木林が、静まりかえっていた。塊太君は何の変哲もない駐車場に軽トラを乗り入れた。半信半疑で降りたってみると、東屋らしきものはどこにもない。

「つ、着いた」

指さした先を見ると、長い石段と〈展望台〉と記された看板が設置されている。塊太君が懐中電灯で足下を照らし、自信満々で登っていく。そのあとにオレは従った。息ぎれしそうになる寸前、目の前が開けて二階建てのやぐらが飛び込んできた。ＬＥＤ電球の明かりに、骨組みめいたシルエットが浮かび上がった。

「二階建てか！」

階段のついた、ロフト式の東屋だ。

「よくわかったね、ここ」

「う、運転中、ちょっとだけ屋根が目にはいったから」

「あのさ、もしかして」

オレは訊いた。「塊太君って、いちど通った道の風景、全部覚えてるの？」

「な、直次郎は覚えていないの？」

答えに詰まりながら、笑いでごまかした。

その後軽トラから持ってきたロープを梁(はり)に渡し、そこにブルーシートをかぶせて壁にした。シートの裏にはさんであったことはラッキー以外のなにものでもない。人間は周囲を囲まれていると安心して眠れるものなのだ。

えらく固いベンチに寝転がりながら、オレたちは新聞紙を胴体に巻き付けて布団代わりにした。梁の中央から垂らした懐中電灯が、四角い空間を照らす。三畳ほどの広さだ。

そのとき、獣とも鳥ともつかぬ鳴き声が響いてオレは小さく呻いた。ひょー、ひょーと寂しげに闇にこだました。

不安げなオレの様子に気づいたのか、塊太君が手をひらつかせた。

「あ、あれはトラツグミ。とてもきれいな鳥だ」

「鳥か……びっくりしたな、もう」

その声は絶え間なく響き続ける。あえぐような、間延びした鳴き声がひっそり忍び込んでくる。闇の中で耳にする野生動物の声は、思いのほか恐ろしい。

「だ、大丈夫。いつも牧場で鳴いている。とてもきれいな鳥」

しばらくしてトラツグミの声は止(や)んだ。

静けさが舞い戻る。オレたちは向かい合わせのベンチにそれぞれ寝転がって背を丸めた。

今夜は熟睡できるだろうか。どこでも五分で寝てしまうオレだが、今の鳴き声が寝付きを悪くする予感もあった。興奮はとうに冷めてしまい、肩こりがじわじわ押し迫っている。裸足(はだし)になって足裏を親指で押した。そして首の付け根も左右交互に押しながら目を閉じた。

突然ざっと音が爆ぜ、飛び起きた。

雨が屋根を叩いている。降り始めてきた。木々の匂いが強くなる。どこか胸のすく、オレの好きな匂いだ。寝床を確保しておいて本当によかった。軽トラの車内、直角に足を曲げて泊まるのでは熟睡できなかっただろう。

激しさを増してきた。オレたちにはおあつらえむきだ。

頬をゆるめて立ち上がった。

「懐中電灯消すよ、塊太君――」

すやすや寝息を立てているその表情は、たしかに笑っていた。

もう寝ちまったのか。あきれかえって、その顔を見た。

*

目を開けると、まっさきに飛び込んできたのは直次郎の寝顔だった。ここはどこだ、と一瞬声を出しそうになった。

(あ！　野宿したんだっけ)

やけに固いベンチのせいで背骨が痛い。家の布団ほど寝心地のいいものはないと、あらためて実感した。寝入りばなに聞いた雨音が、今でも耳にこびりついている。

直次郎の背後でブルーシートがめくれていた。雨はすっかり上がったようでまぶしい陽射しが三角の光を投げ込んでいた。

ボクはゆっくり立ち上がり、囲いを外し始めた。

「わ」

湖面が広がっている。山を映し込んだ鏡、入り組んだ峰の中腹までが水没していた。ダムだ。ここはダムの敷地だったんだ。昨日は暗くてわからなかったが、水はどこまでも青く、ボクらを歓迎してくれた。

腕を組んで背伸びをする。新聞紙はとても温かかった。なんだかんだいって熟睡してしまった自分の図太さになかばあきれながら、もう一度直次郎を見遣った。腹の上に両手を組んで口をむにゅむにゅさせている。夢を見ているのかもしれない。ボクは、いい朝だ、とひとりごちた。

思い起こせば闘牛場から全(すべ)てが始まった。久慈へ行っての日帰りのはずが、おばぁちゃんに酒をふるまわれて一泊、その足で太平洋沿いを南下して、宮古から遠野を目指した。しかし途中で予定を変更して北上にたどりついた。名目はスタミナラーメンだったけど、ボクの本心は違っていた。アメリカンワールドの観覧車に乗ってもう一度タイムスリップしたかった。その本音を直次郎に打ち明けようか迷ったが、結局ラーメンのついでということで話を進めた。いい歳をして観覧車に執着していることを悟られたくなかった。

直次郎が、そんなことで人を嘲《あざけ》ったりしないことはわかってはいる。しかしボクの心のこわばりは、ときどき口を貝にさせてしまう。味噌汁の中で口を開かない、死んだ浅蜊《あさり》だ。笑われるのは嫌だ、そんな思考回路が凝り固まっていて、なかなか切り出せなかった。

観覧車に乗れて幸運だった。これでボクの目的は達成できた。

「おっはー」

後ろから肩を叩かれて、思わずのけぞった。

「び、び、びっ、びっくりした」

「めんごめんご。すげぇ眺めだな、ここ、湖畔だったんだ——しっずかな湖畔の森の陰から」

「しずかなこはんの森のかげから」

「もう起きちゃいかがとカッコが鳴く」

「もう起きちゃいかがと鵺《ぬえ》が鳴く」

「かこー、かこー、かこかこかこ」

「かこーかこーかこかこかこ」

「輪唱終わりっ。ところで鵺ってなに」

「ト、トラツグミの別名。スズメ目ツグミ科に分類される鳥類の一種」

「よっ物知り博士」

「た、体長は三十センチほどでヒヨドリ並み、黄褐色で黒い鱗状の斑が密にある」

「説明ありがとう。ためになったよ。さてさて、お風呂の時間だ。軽トラに窓拭き用のタオルが二枚あったよね？　それをもって露天風呂に行こうぜ。朝風呂は嫌い？」

「す、好きなほう。露天風呂なんてあるのかい」

「目の前にあるじゃん。わっはっは」

きょとんとするボクにウィンクしながら、直次郎が湖面を指さす。

「昨日から汗だくでシャワーも浴びてないじゃん。このへんで汗、流したくね？」

ボクは返事のかわりに思い切りふきだした。

「ということで話はまとまった。さ、行くべ行くべ」

やれやれ、まったくこの男にかかってはお手上げだ。

ゆっくり太腿まで沈めていくと、直次郎が水を浴びせかけてきた。

っひゃぁ、と声を上げてボクはしぶきを浴びせ返した。一度肩まで浸かってしまうと冷たさはそれほど気にならなくなった。こう見えてももともと水は好きだ。泳ぐのは嫌いじゃない。

ここは浅瀬のようだ。砂利でも岩盤でもなく表面の温かい泥に足を埋めると、中がずいぶん冷たかった。

水位は胸くらいまで。ボクはこわごわと歩いていった。足を泥に出し入れする度水面が濁っていく。冷たい泥の感触が心地よかった。

直次郎が水しぶきをあげて泳ぎ出す。平泳ぎだ。ボクもあとに続いた。風呂に入っていない分、爽快さが際立つ。皮膚を覆っていた汗や疲れが洗い流されていく。すこし先に直次郎の姿が見える。平泳ぎの足裏が、一瞬だけ水面に浮かんだ。

そのとき怒鳴り声を耳にした。

ボクはびっくりして後ろを振り向いた。中年男がボクたちふたりを指さして罵声を浴びせている。ここは遊泳禁止か。男は畳んである二対の衣服の前で手招きしてわめいている。早く上がれ、すべて駄目になっちまうだろ、おい。そんな言葉が水音に入り混じってますます波紋が大きくなった。

直次郎が近づいてきて言った。

「まずいな。向こう岸まで逃げるか」

「で、でも、軽トラ、ズボン！」

ボクたちに残された道はただひとつだった。腕組みした大男の足下に畳まれたズボンのポケットに、キーは入っている。

怒られる理由はまるでわからなかったが、とにかく湖に入っていてはいけない。大急ぎで岸にたどりつくと、長靴を鳴らしながら駆け寄ってきた。

「そこ、仕掛けはいってんだ、馬鹿野郎」

言われたことの意味がわからない。

男はポケットつきベストをはおり、日焼けした顔に見事な口髭をたくわえている。

「鯉が逃げちまうだろうが、この野郎」

ボクたちは大急ぎで岸に上がり、わけのわからぬままおろおろ頭を下げた。

「昨日から餌を打って、今寄ってくる頃なんだよ。それ、見えねぇのかい」

指さした先は水際に繁る柳の林だった。よく見ると、その陰から三本の糸が湖面につながって、斜めに水中に消えていた。そのときになって、ようやくそれが釣り糸と気づいた。

「泊まり込みでコマセを打ってよぉ、これからってときに邪魔しやがって。このガキが！」

言い終わらぬうち、太い指がボクの肩を摑んでいた。心臓が破裂しそうになり、ういっ、ういっ、ういっ、としゃくり上げていた。まずい、漏れそうだ。膀胱が急に膨らんで急所を圧迫してきた。

直次郎がなにかを叫ぶと、かがみ込んで棒切れを拾い上げた。

瞬間、背中で声が響いた。

「こらっ、叩かないって約束、もう忘れたの！」

小さな女の子が豚のぬいぐるみを抱いて叫んでいた。ツインテールが風に揺れるのを見た。

*

竿は三本だった。リール付きの、えらく穂先の太い長竿だ。狙うのは淡水の王者である。最大で一メートルを超えるという魚と格闘するためには、これくらいのごつさが必要なのだろう。

「こんな太い糸で、見破られないんですか」

オレは男に訊いた。

「鯉ってやつは目が悪いんだよ。嗅覚だけで餌を探り当てているからな。あと音か」

「音？」

「そう。池で手を叩くと錦鯉が集まってくるだろ？　あれと同じさ。こうした野生の生息地では、あの連中の尻を追いかけて泳いでいる」

顎で示した先には鴨が数羽浮かんでいた。

「鴨を襲うんですか」

「まさか、それじゃピラニアだろう。鴨のクソを食うんだよ」

「へぇえ」

こっぴどく娘に怒られた男は、とたんに手を引っ込め、我が子の怒り顔とオレたちのおびえ顔を交互に見比べ、ジュースでも飲むか、と言った。そして、俺は矢吹（やぶき）という者だ、と名乗ったのだった。

オレと塊太君は柳越しに見えた鯉釣り専用車に招待された。鯉釣りを語り出すと、矢吹のうんちくは止まらなかった。話を聞くうち、すっかり腑（ふ）に落ちた。自分たちの行水が、この釣り人の楽しみを台無しにしかけたことを恥じた。

湖畔ぎりぎりに横付けされたワゴン車後部は、ベッドに改造されてある。ルーフにタープを取り付けて日よけにし、その下にキャンプ用のテーブル、椅子が並べられている。泊まりがけの鯉釣りの様子がうかがい知れた。矢吹は四十そこそこの会社員で、週末は娘の由奈（ゆな）を伴なって親子で泊まりがけの釣りをしながら県内を渡り歩いているそうだ。

「しかしすごい車だ。格好いい」

「もう一本飲みな。オレンジジュースがいいか、サイダーがいいか」

「スンマセン、じゃ今度はサイダーを。いやぁ、こんな本格的な釣りは初めて見ました。プロですね」

「いやいや、そんなたいそうなモンじゃないよ」

人間は自分の褒めてもらいたいところをいじってもらうことが大好きなのだ。オレはこの旅でこの処世術を身につけかけていた。

「このリールは今は製造中止なんだ。聞いて驚くなよ、スウェーデン製だぞ。この赤を五台揃えたんだがな、今じゃネットオークションで数倍にも跳ね上がっているんだ。餌は俺の特製ブレンドでな、秘伝の——」

オレは笑顔を絶やさないまま、横目をつかいつづけていた。

塊太君は、ずっと由奈ちゃんと遊んでいる。車からすこし離れた木の下で、それぞれがぬいぐるみを手に会話を弾ませている。矢吹の機嫌がいいのは、塊太君が愛娘の趣味に合わせて遊んでくれていると思っているからだ。塊太君にしてみれば、それが最良のコミュニケーションだ。互いがぬいぐるみを手に、ぬいぐるみの言葉で話し合う。

さっき父親を叱りとばしたとき、由奈ちゃんは豚のぬいぐるみを手にしていた。その怒鳴り声はあきらかな裏声で、アニメを真似ている感じがした。

そんな由奈ちゃんに、塊太君は反応した。同じ台詞を同じトーンでそっくり返したのだ。由奈ちゃんは歯を見せてぬいぐるみを高く上げ、オレたちを車に招いた。矢吹はとまどった顔をしていたが、由奈ちゃんに手を引かれた塊太君は、車内から馬のぬいぐるみを与えられてその相手を強要された。オレたちにとっての幸運は、トランクスを脱がずに水泳を始めたことだった。

塊太君はさすがだった。普段はまるで人との会話が難しいのに、ぬいぐるみを介した会話は一切のよどみがない。由奈ちゃんは勝手にストーリーをつくってたたみかけていくが、それをうまくつなげて物語を続けていく。オレは矢吹の鯉釣り自慢に耳を傾ける一方で、由奈ちゃんと塊太君の共通点に気づき始めていた。

「由奈があんなに笑うのはひさしぶりのことさ」

矢吹が小声でささやいてきた。「なんで自分の声で話さなくなったのかな。どこで診てもらっても正常なんだよ。センセイによれば精神的なもんっていうんだが。おい、由奈、かんかんイーしような」

立ち上がった矢吹は、胸ポケットから髪ゴムを取り出して由奈のほうに歩いていった。背後にまわり、すばやくツインテールを結い直した。自分のズボンは皺だらけなのに、娘の服は洗濯がいきとどいている。

戻ってきた矢吹は、かすかに笑った。

「何年生ですか」

「三年生。誕生日がくれば九歳になる。できるだけ週末は一緒にいようと思ってな、車をキャンピング仕様に改造したんだ。まぁ半分は俺の趣味のためだけど」

塊太君と由奈ちゃんの演技がますます盛り上がりを見せてきた。

「でもおかいものがのこっているでしょう。ブーちゃんはつかれました。うさぎパンが食べたい」

「うさぎパンですね、そのあと林檎も食べれば元気になりますとも。さてさて、その他はどんなメニューがお望みでしょうか」

「ケーキがいいわ。おっきなクリスマスケーキ」

「はっはっは、おやすいご用ですとも。すぐ召使いにつくらせますよ」

まるっきりのアドリブだが、ちゃんと辻褄が合っている。これはすごいことかもしれない。塊太君は完全に役になりきっている。執事とお姫様を見ているようだ。掛け合い漫才ではないが、ふたりの息はぴったり合っている。

矢吹は、嬉しそうに会話をつづける娘に目を細めながら、立ち上がった。由奈ちゃんを呼んだ。

「餌交換の時間だよー。お手伝いして」

その呼びかけに寸劇は中断した。由奈ちゃんはワゴン車に戻ると、テーブル脇のバケツを開けた。中には茶色の粒と粉末が水で練り合わされてあった。

「こ、これ牛の飼料」

塊太君が指さした。

「え、よくわかるね。飼料をベースに魚粉や黒砂糖、煎り糠をブレンドした特製餌だ。塊太君っていいったっけ、君んち牛でも飼ってるの」

「は、はい」

その傍ら、由奈ちゃんはバケツに手を突っ込んで団子を握り始めている。蜜柑大にまん円く握り上げていく。

そのすきに矢吹はリールを巻き上げていた。糸の先にはコイン型のオモリと四本に枝分かれした針がついている。

「こんなに大きな団子をつけるんですか」

「針を埋め込んでストッパー糸で締めるのさ。そうすれば投入の時も空中分解しない。吸い込み式だ」

矢吹によれば、この団子は着底してしばらく、砂が崩れるようにバラけるのだという。そこに寄せられた鯉は、その破片を吸ううち針まで吸い込む。穂先につけられた鈴が響けば鯉がかかった合図となる。

「餌は四時間に一度交換するんだ」

「気長な釣りですね」

「貴族の趣味と言ってくれ」

三つの仕掛けに団子をセットし、竿を構えた。剣道でいう上段の構えだ。竿はオモリと団子を背負ってしなっている。オレたち三人はすこし離れたところからその投入を見守った。

両腕が振り下ろされた。竿が反発して団子が空に放たれる。糸が放物線を描いて湖面に放たれていく。着水音がするのと、矢吹の悲鳴が上がったのは同時だった。

「バックラッシュだ！」

手元の太鼓型リール、その軸はこんがらがった糸で目も当てられない状態だ。矢吹はわざとらしい咳払い（せきばらい）をした。

「ブレーキをかけるのが遅れちまった。弘法にも筆の誤り、ってとこだ」

やや顔を赤くしながらベストから爪楊枝（つまようじ）をとり、しゃがみ込むと丹念に糸をほぐしにかかった。

塊太君はその様子をじっと眺めている。

「今日、俺はプレゼントをもらったよ。ありがとう」

オレは無言で頷きながら、矢吹と同じ方向に目をむけた。その視線に気づいているのかいないのか、ぬいぐるみを抱いたふたりの演技者は笑ったり驚いたりしながら世界を築き続けていく。

餌交換から一時間。三つの鈴は微動だにしない。バックラッシュをほどいたあとで無事団子を投入、あとは鯉が来るのを待つだけの、のどかな時間だ。

大きな栗（くり）の木が横にあった。

湖面にかかる枝に対岸の山が見え隠れしている。オレはその木陰でぬいぐるみ遊びに熱中する、ふたりの姿を見つめている。

おそらく――。オレが思うに、ふたりのかかえる不安は、多分同じ方向に根を張っている。喉や声帯に異常があるわけでもなく、日常生活もこなせはする。どちらかというと、由奈ちゃんのほうが見た目には普通に見える。塊太君のようにもじもじバックルの前で爪をいじったりはしない。きちんと人の目を見て話に頷ける。自分の声で喋れないということだけに思える。

由奈ちゃんからぬいぐるみを与えられた塊太君は、つっかえることなく喋りだした。由奈ちゃんも俄然目を輝かせ、ふたりは架空の世界を進展させていく。長身でがっちり型、作業服姿の矢吹は、そんな娘の姿に心から喜んでいる様子だった。こんなによく笑う由奈を見るのははじめてだ、と幾度も首をひねって歯を見せたのだった。

一方、オレもそんな塊太君の演技にじっくり見入っていた。

マイクやぬいぐるみを持った途端に人格が変わる。ジョジョの台詞など、目を閉じれば本当のアニメが流れているのかと間違うほどだ。自分で役に没頭するうち、本当になにかが憑依してしまうのではないか。それはむろん誰にでもできることではない。

塊太君の持つ再現能力を見せつけられたオレはなにかできないか、と考え始めていた。

「せめて家で普通に喋ってくれれば嬉しいんだけどな」

矢吹が言った。

「由奈ちゃんは、家でも喋らないんですか」

「喋っていたんだよ、一年前にかみさんが出ていくまではね。ま、焦らずに構えるよ。こうして毎週自然と戯れれば心もほぐれてくるんじゃないかな」

「治りますとも、きっと」

「だといいんだが」

その時、矢吹の足元の一枚のチラシに気付いた。拾い上げ、矢吹に訊いた。

「このチラシなんですか」

「由奈がアニメショップでもらってきたものだけど」

オレはチラシに顔を近付けた。

「このチラシもらってもいいですか」

「いいよ、たくさんもらってきたからね」

木の下では、ふたりの劇はまだ続いていた。

「はいはい、うさぎパンを買ってきましたよ。たくさん召し上がれ」

「うわぁ、おいしそう。むしゃむしゃむしゃ、おいしいね、おかあさん。林檎もむいてね、うさぎさんの林檎」

「はいはい、何個むきますか」

「えーっと、三個」

オレと矢吹は、チラシから目を移し、言葉をつぐんでしまった。何も知らない塊太君は額を拭いながら熱演を続けている。夏の陽射しが湖畔に降り注ぎ、風がさざ波をこしらえた。塊太君と由奈ちゃんの顔は、下からの光で白く輝いている。

「これ、おにいちゃんにあげる」

由奈ちゃんが自分の声に戻って塊太君に語りかけた。矢吹が息を止めたのがわかった。

塊太君は両手で贈り物を受け取ると、大事そうに額の前にかかげた。

第三章　ラストステージ

田瀬湖をひきあげたボクたちは、盛岡方面にはむかわずに更に南下した。夏休みは明日まで。あと一泊はできる計算になる。

ハンドルを持つ手も軽い。かけがえのない出会いと、両脇に広がる稲の絨毯が心に弾みをつけていた。風が吹く方向に田がさんざめく。それは右になびいたと思うと一気に斜めにそれたりする。ぐんぐん伸び盛る真夏の水田を、ボクたちは走りぬけていく。

「仙台のおばさんの家に三泊」

「うん」

「これがオレたちの夏休みだ」

「さ、最高の夏だ」

直次郎に言葉を返しながら、ボクは快調に軽トラを飛ばしている。岩手県に住んでいるとはいえ、これほど県内をまわったことはなかった。せっかくだからいろんな所に行ってみたい、直次郎はリクエストを告げてきた。

「塊太君、コンビニ寄ってちょうだい。欲しいものがある」

「ういっ」

コンビニに立ち寄った。直次郎が買ってきたのは〈岩手ガイドブック〉。赤ペンで地図に○をつけると、嬉しそうに相談してきた。

「この先さぁ、奥州市に抜けて黒石寺に行こうよ。裸祭りで有名な蘇民祭、一回行ってみたいんだよね。でもあれって冬じゃね？」

「に、二月ごろだった気がする」

「なんだっけ、すこし前にさ、駅にポスター掲示が拒否されたことがあったじゃん。そういうことがあると、なんか無性に見たくなっちゃうんだよね」

「えっと、わかる。人間、禁止されれば逆のことしたくなるよな」

「だよねー」

「えっと、そのあとのルートは」

「塊太君、携帯貸してくれる？　ネットで情報収集だ」

「ういっ」

直次郎は、ボクの携帯を操作しながらなにやらキーワードを打ち込んでいる。文字を手早く入力し、ガイドブックと照らし合わせてしばらくにらめっこしていた。ペンで書き込みもしている。

「あ、これこれ、一関へ移動しよう。猊鼻渓にでも行かない？　旦那、優雅に船下りなんていかがですか」

「そうと決まればレッツゴー、さぁ、出発です」

「い、いいかも」

「しゅっぱつです」

　掛け声を響かせて、一路三四三号線を目指す。道は四五六号線に合流して猊鼻渓へと向かう。岩手北部在住のボクにとって、県南巡りは初めてのこと。気がつけば宮城県まであとわずかではないか。

「このへんの道はさすがに来たことないでしょ」

「うん。でも、さっき地図を見た。一度見ればだいじょうぶだ」

「マジすか！　でもオレもナビるから安心してね」

「ういっ」

　ボクは気を楽にしてハンドルを操作した。地図は頭にたたき込んだ。一度見た地図は忘れることがない。学校の勉強はまるでわからないのに、アニメの台詞や歌、地図などは絶対忘れない。頭の中に焼き付けられた像を引き出せば、すぐに思い浮かべられる。だからナビというものの存在が信じられない。日本地図を一冊買ってしまえば頭にコピーできるのに。なんで高い金を払ってナビをとりつけるのか、世の中のひとは地図がよほど嫌いなんだろうか。いつもそのことを考えるボクだが、思えば思うほど頭がこんがらがっていくのでいつも打ち切ってしまう。

「や、矢吹さんと由奈ちゃん、釣れたかな」

「さぁ、どうだろうね。オレたち何も知らずに仕掛けの打ってあるポイントで泳いじゃったからなぁ」

「で、でも鯉(こい)は食いしん坊だよ。場がおさまれば餌を食いにやってくると思う」

「マジすか」

「ず、図鑑で見たことがあるもの」

「それっていつの話」

「小一の六月二十三日、創立記念日の昼休みだったかな。図書館で見た」

道が細くなっていく。北上川を渡り、山道に入った。もう水田は見えなかった。黒石寺の看板が見えてきたが、進んでいくうちなにやら騒がしさが増してきた。サイレンが聞こえてくる。駐車場が見えてきた。そこには多くの消防車が停(と)まっていた。紺色の作業服に白いヘルメット姿が行き交っている。火事か！　気を引き締めたが、火も煙も見えはしない。進んでいくうち、おおきな立て看板が設置されていた。〈文化財消防訓練〉と墨書きされている。

「しょ、消防団だ」

「防火訓練か、これじゃ拝観は無理だね」

直次郎はさらりと言ってのけた。「次行ってみよう、猊鼻渓」

太い杉林、その下にある大門は閉じられていて中は見えない。高くなった石垣は深い影におおわれて、社務所から線香の煙がたなびいていた。

黒石寺を横目に、そのまま坂を下っていった。

そのときコンソールの携帯が鳴った。

「な、直次郎、出てくれ」

「うん。おっ、矢吹さんだ。あ、もしもし、はい、直次郎です――」

声が弾んでいる。いい報せであることは間違いない。

「えっ、今上がったんですか！　九十五センチ、すげぇ、そんな鯉がいるんですね。写メですか、はい、ありがとうございます。塊太君、路肩に停めてよ。矢吹さんから」

ボクは軽トラを停止させた。生まれて初めて登録した、家族以外の携帯番号からすぐにかかってこようとは想像もしていなかった。

〈もしもし、塊太君？　たった今釣れたぞ。いやぁ、今までの最高記録だわ。いや、ありがとう〉

「お、おめでとうございます、すごいですね」

〈もしかしたらふたりが泳いでくれたのがよかったのかもね。泥がかき回されて水が濁っただろ、貝やエビが攪拌されてそれを食いに寄ってきたに違いない。ちょっと待って、由奈にかわるから〉

「はい」

〈もしもし、おにいちゃん？　おっきなお魚釣れたよぉ〉

「よかったね、由奈ちゃん」

　電話越し、弾む由奈ちゃんの声が響く。それはブーちゃんの声ではなく、まぎれもない由奈ちゃん本人の声だ。しばらくのやりとりのあと、記録写真を撮って鯉を放流する旨が告げられた。

〈じゃあね、おにいちゃんも気をつけてねー。切るね。ばいばーい〉

「ばいばーい」

　ボクは歯を見せながら携帯を切り、コンソールに戻した。

「直次郎、安全運転で行くよ。あとすこしだ」

「オッケー、塊太君」

　ふたたび着信音が鳴った。それはメール受信時の音だ。すぐさま手に取り受信ボックスを開く。

「うわ、すげぇ。直次郎、見てみろよ」

　大鯉を前にした由奈ちゃんの姿が映されている。計測台から、尻尾（しっぽ）が完全にはみ出していた。のぞき込んできた直次郎が、すごっ、と声を高くした。

入り口の看板が見えてきたところで、トイレ休憩を言い出した直次郎だった。猊鼻渓は目と鼻の先、準備を万端にしてとのことだろう。

ボクは道沿いの空き地に軽トラを乗り入れた。すぐ下に河原が広がっており、せせらぎが広がっている。ガイドブックによると、この砂鉄川（さてつがわ）を舟で行き来するらしい。

「な、直次郎、あそこに公衆トイレがあるよ」

「あのさ、塊太君」

車を降りるそぶりも見せず、ガイドブックを広げ始める。サンバイザーから赤ペンをとり、数ヶ所丸をつけて差し出してきた。地図の四五六号線ぞい、千厩（せんまや）、藤沢（ふじさわ）、そして県境である七曲（ななまがり）峠が囲まれている。

「げ、猊鼻渓は？　これだと県境まで行っちゃうよ」

直次郎は別の冊子を取り出すと、また赤丸をつけて手渡してきた。

宮城県地図、大きな花丸は仙台を囲んでいる。

「ほ、ほんとうに仙台に行くの？」

ボクの問いに答えず、直次郎は一枚のチラシを広げて見せてきた。

「めざせ新人発掘、声優オーディション」

ゆっくり内容を読み上げる。

「オ、オーディション」

「そう。会場は仙台、期日は今日の午後四時だ。今からそのオーディションに出るのさ」

「な、なんてこった！」

ボクはあまりの展開に声を張り上げていた。「直次郎って声優志望だったのか」

「いや、オレは自動車整備工志望さ」

「じゃあなんで」

「まだ気づかない？　オーディションを受けるのは塊太君、君だよ」

話が見えなくなってきた。何か言おうとするボクを遮って、直次郎がチラシを読み上げていった。

「初心者でも本気でプロを目指したい方、最初の一歩がなかなか踏み出せずに悩んでいる方、養成所を卒業して事務所に未所属の方、そうした方々のご応募をお待ち申し上げております」

「む、無理だ。人前で喋(しゃべ)るなんて」

「歌うのができるんだから喋れるでしょ？　マイクがあるんだよ。いいかい、塊太君。思い出すんだ、君は天才なんだ、天翔(あまかけ)るペガサスなんだよ。さぁ、目を閉じて」

言われた通りにすると、耳元に声が降り注いできた。

「さぁ、いよいよ審査の結果がでました。全日本歌謡選手権、ここさいたまスーパーアリーナは二万五千人の熱気であふれています。歌い終わった選手は十名、さて栄光は誰に輝くのでしょうか。発表します！　ドロロロロ……」

ドラムの音が鳴り響いていく。ボクはステージの上で八の字に回されるスポットライトの下で、タキシードを着て結果を待ちわびる自分を想像した。両手を胸の前で組み合わせた。

「十二番、優勝は〈ラブユー赤坂〉を歌った北川塊太さんです」

手に何かが触れる。ボクはそれを一気に握りしめた。

「さぁ、北川さん、真ん中へどうぞ。優勝のお気持ちをお聞かせください」

直次郎が手渡してきたのは、コーヒーの空き缶だった。ボクはそれをマイクに見立ててインタビューに答えた。

「いやぁ、信じられません。夢のようです」

「夢じゃないですよ、全国から選ばれた選手の中での優勝です。どうでした、今日の調子は」

「はい、想いをこめて全力で歌い切れました。その心が皆さんに伝わったのだとしたら、これほど嬉しいことはありません。最高です」

「最高だろ、塊太君」

素に戻った直次郎が歯を見せた。「君は最高だ、こんな天才はめったにいやしない。

オレを信じてくれ。きっと塊太君を合格させてみせる。でね、今リクエストがある」

「な、なんだい」

「ジョジョをやってほしい。盛岡のアニメショップの帰り、電車の中でやってくれたあの真似が聞きたい！　頼む！」

ボクは、すぐさま喉をひきしめて声を低くした。

「この空条承太郎は、いわゆる不良のレッテルを貼られている」

直次郎の動きが止まる。ボクは台詞を言い続ける。

「イバるだけで能なしなんで、気合いを入れてやった教師はもう二度と学校へ来ねぇ。だが、こんなおれにもはき気のする〈悪〉はわかる！」

直次郎が目を閉じた。その頭で浮かんでいるであろう承太郎がボクの中でも生き生きと動き始めていた。

「〈悪〉とはてめー自身のためだけに、弱者を利用しふみつける奴のことだ！」

「塊太君！」

直次郎が手を握ってきた。

「大丈夫、君は絶対大丈夫。オレに運命を預けてくれ。機は熟した、さぁ出発です」

「しゅっぱつです」

直次郎が手を伸ばしてきてホーンを押した。それは力強く、しばらくの間周囲に鳴り渡っていた。道向かいの売店の客が、驚いた顔でこちらを見つめている。

ボクは一気にタイヤを軋ませた。直次郎が、ヒャッホーと声を裏返らせて手を叩いた。

おんぼろの軽トラに火が入る。ペガサスは、杜の都仙台を目指して駆け出した。

「し、質問」

ボクは言った。「オーディションへの応募って必要ないの」

「あぁ、さっき電話でしておいた。ガイドブックを買った朝のコンビニで」

「も、もしかして蘇民祭を調べるとき応募してたの？」

「うん。だって当日朝十時締め切り、って書いてあったからね」

やれやれ手回しがいい。ボクは苦笑いとも照れ笑いともつかぬものを浮かべ、アクセルを踏み込む。と同時に、このお膳を用意してくれた直次郎に感謝の気持ちも感じていた。

七曲峠を越えるともうそこは宮城県だった。標識を目にしたとたん、いっそう気がひきしまった。しばらくして橋が見えてきた。北上川だ。

「あ」

ボクは素朴な疑問に気づいた。「そのチラシ、どこでもらったの」

「矢吹さんさ。由奈ちゃんも大のアニメファンなんだってさ」

「な、なるほど」

由奈ちゃんの声を思い出していた。あの子の気持ちがボクには痛いほどわかる。抱えているであろう闇の深さを、なんとなく推し量れる。なぜ殻に閉じこもったのか、その原因はわからないが心の傷ははっきり伝わってくる。同じ匂いを持つ者同士は、一目でそれを認め合う。

――バックラッシュだ！　鯉釣りの最中叫んだ、矢吹さんの声が胸にのしかかっていた。その言葉から即座に連想したのは、フラッシュバックという単語だった。それがボクの心に居着いてしまった魔物の正体だ。兄貴が雄牛に膝を踏み抜かれたあの日、その巨大でまがまがしいものがボクの心に取り憑いた。ことあるごとにその映像は頭で再生されてしまう。ボクのせいで兄貴は走る楽しみを奪われた。ボクさえいなかったら、大好きな兄貴は牧場主になる夢を叶えていたはずなのに。フラッシュバックという言葉を知ったのは、本屋の店先だった。心理学関係の本を立ち読みしていたとき目に留まった。そこに書いてある症状こそ、ボクの悩みそのものだった。幼年時のトラウマが、ある出来事を機に頭を爆発させてしまうこと。その記憶は時間と共にむしろ鮮明さを増していくこと。そのページ全体の記述を読んで、思わず膝が砕けそうになった。なによりも兄貴はボクを恨んでいるに違いない。そんなそぶりは微塵も見せないが、心のどこかでは恨みを持ち続けているに違いないのだ。

その専門書に書かれていたのは、相当ハードな体験談だった。主に児童虐待の話だった。中でも養父から性的虐待を受けていたアメリカの女性〈ジュディ〉の話は衝撃的だった。暴力と暴言で性関係を強いられたのが十歳のとき、ちょうど由奈ちゃんと似たような年頃だ。〈ジュディ〉は養父が交通事故死するまでの四年間、慰み者にされたらしい。火のついた煙草を背中に押し付けられたり、目の前に鋏をふりかざされたりした。いきなり耳のわきでポテトチップの袋を叩かれて破裂音を浴びせられたりするうち、常におびえる子供になった。行為の最中もなすがままにされ、抵抗する気も一切起きなくなったという。実母は看護師をしていて家を空けがち、まったくそのことには気づかなかったようだ。養父の死とともに、〈ジュディ〉の記憶は一部消滅した。虐待の記憶が一切なくなった。それがフラッシュバックしたのは、〈ジュディ〉が三十歳になったときのことだった。母親が亡くなり、遺品を整理しに実家へ帰ったとき、鍵のついている冊子を見つけた。夫に頼んで鍵をこわしてもらい、確認すると、それは養父の日記だった。ことこまかに虐待の記録が書き込まれていた。それを目で追ううちジュディは爆発した。幼児になって泣き叫び、狂乱状態におちいった。夫が救急車を呼び、薬で眠らされてその場はしのいだものの、数年間のカウンセリングと投薬治療を要することとなった。彼女を診断した精神科医は、耐えられない記憶を本能的にデータから削除したケースだ、と夫に説明したという。

ボクは〈ジュディ〉の気持ちがとてもよく理解できる。襲いかかる雄牛、波打つ首筋、黒光りする蹄。膝が砕かれる音と、兄貴の悲鳴がいつまでたっても消えない。楽しいことを上書きしようとしても傷はいつまでも脳に刻印されている。忘れようにも忘れられず、消そうにも消せない過去は、ボクの舌を縛り、くしゃくしゃに心を丸めてしまった。いくらアイロンをかけてもその皺は伸ばせやしない。

「塊太君、もうすぐ山が終わりそうだね。坂の下に田んぼがひらけてる」

「うん」

ボクは気持ちを切り替えてハンドルを握り、進路を確かめていく。目の前に現れる道路標識の地名を心で復唱しながら進んでいく。

エンジンは快調だった。

もうすぐ平野部に抜けるはずだ。川を越えれば等高線がなくなっていた地図を、頭の中で読み込んでスピードを上げる。

*

橋を越えると一気に平野部がひらけた。

登米市に入り、北上川沿いの三四二号線を南下、県道を走り継いで軽トラは荷台を震わせた。オレは助手席で地図を片手にナビをする予定だったが、出番のなさにやや退屈を持てあましていた。それはたぐいまれなる塊太君の地図解読能力のせいだ。体内に方位磁石でもひそませているのではないか、そう思えるほど方向は的確だった。ふつう見知らぬ土地を走るには、大きな主要国道を選ぶのが大半だろうが、塊太君は違った。最短ルートを選んでいる。ときとして農道に入り、県道を経て国道に至る。そんなことを繰り返した。オレの出る幕は一切なかった。

地図を確認する。涌谷(わくや)から左折、一路松島町(まつしままち)にむかっている。そこから四五号線に出れば仙台は目と鼻の先だ。

「あ、あ、あれなんだ」

「もしかして事故？」

長蛇の渋滞が起こっていた。パトカーが数台行きかかっている。警察の〈玉突き事故発生〉の掲示板を目にした途端、塊太君は進路を変更した。なんの変哲もない田んぼの中の農道に進入し、右折左折を繰り返して県道、そしてまた別の農道へ抜けた。完全に道路地図を掌握している。そのハンドル捌(さば)きに無駄はなく、シフトダウンも静かなものだった。運転に慣れない者は、マニュアル車をシフトダウンするとき、エンジンの回転数をうまく調整できないものだが、塊太君はアクセルワークを駆使し、車を手なずけていた。

こいつはすげぇや——。オレはその横顔を見守りながら、自分たちがラリーのエンジニアとカーレーサーになったかのような錯覚を覚えた。

目の前の水田が、赤茶けた大地に変化する。ここはどこだ、アフリカか、いや、オーストラリアか。塊太君はA級ライセンスをもつ国際的なレーサーで、オレはそれをサポートする腕利きのエンジニアだ。車のことなら何でもござれ、わずかな故障やトラブルも瞬く間に修理してしまう名技術者だ。塊太君はこのラリーで優勝を狙っている。この大会で王者になれば多くの有名企業がスポンサーにつくことが決まっている。二位と一位では価値がまるで違う。それこそ雲泥の差がついてしまう。

「塊太君、受付まででは余裕があるから飛ばさなくても大丈夫」

「ういっ。か、会場は仙台駅ちかくだよね」

「そう。大型百貨店の催事場だ」

買い物客と関係者がオーディエンスとなる、年に一回の東北大会だ。チラシによれば新人を対象にした大がかりな選考会は毎年にぎわうらしい。しかし今年は特別大会だ。優勝すれば、秋から始まるアニメ番組の出演クレジットに名を連ねることができる。もちろん端役だが、契約書を交わし、プロとしての仕事を請け負うことになるのだ。

「将来はいろんな選択肢があるよ。歌手として東京ドームを満杯にすることも夢じゃない。そうした前例もあるじゃないか」

「そ、そうだね。まずは手始めに岩手県民会館」

「ナイスなアイデアだ。次に仙台の箱でやって、その次にドーム公演だ」

「直次郎」

塊太君が苦笑いした。「大事なことを忘れている。さいたまスーパーアリーナが抜けている」

「あっ」

オレは時計を確認しながら顔をほころばせた。「今どのへんかな」

「け、県道九号線、吉岡(よしおか)街道。もうすぐ〈道の駅おおさと〉」

「ちょうどいい。コーヒーブレイクとしゃれこもう」

「ういっ」

ほどなく行くと、白い塔が目に入ってきた。相当広い駐車場の奥に、蔵づくりをイメージしたであろう建物が建っていた。

暫(しば)しの休憩タイムだ。オレたちは芝生に寝転がった。真夏の空に心が染まる。風が頬を撫(な)でていく。塊太君とふたりで大地を背負っていると、何でもできるような気がした。

「な、直次郎」

「なに」

「ボク、本当にだいじょうぶかな」

「保証するよ、塊太君はすばらしい。この世で唯一の存在だ」

「ほ、本当」

「嘘言っても始まらないよ。塊太君がいなかったらオレもここまでこられなかった。ドゥー・ユー・アンダスタン？」

オレたちは少しの間視線を合わせ、頷き合った。それから缶コーヒーを二本買い、車に戻った。

シートにもたれながら、オレたちはコーヒーを啜った。塊太君が、あのさ、と前置きをして言った。

「ボ、ボク、本当は扉を開けたかったんだ。でも今までどうしてもできなかった。ありがとう、直次郎のおかげだよ」

「それは違うよ、塊太君。オレのほうこそ礼を言うよ」

オレは鼻の下を擦りながら言った。

「さぁ、出発です」

「しゅっぱつです」

勢いよくエンジンが叫ぶ。ギアを入れて発進しようとしたそのとき、急に回転が下がっていった。塊太君がふざけているのかと横を見たが、愛車はみるみるアイドリングを下げていく。

「な、直次郎、エンジンが変だ！」

「ちょっとかわって」

車を停めて塊太君と入れ替わり、一旦切って再度キーを回した。エンジンはかかった。燃料系のトラブルを疑い、しばらくアクセルを吹かし続ける。しかし、一分もしないうちにやはりとまってしまった。何度やっても同じだった。

不安そうな塊太君をなだめすかす。すぐ直るさ、と歯を見せて笑ってみる。そうした一方で、胸に重いものが広がっていた。昔、整備工場を手伝っていたとき、これと同じ症状を見たことがある。考えられる原因は水温センサーの故障だ。エンジンの水温を読み取るセンサーにずれが生じ、アイドリングが続かなくなるのだ。

塊太君を降ろして助手席のシートを上げ、エンジンを点検する。コードを順繰りにたどり、断線や接続端子のはずれがないかを確かめていく。異常はない。あおむけで車の腹に潜り込んで懐中電灯で点検するも、原因はやはりセンサーにありそうだ。

オレは考えた。騙（だま）しだまし発車したとしても、大きな国道でエンストしてしまえば事態は悪化する。決断するなら今しかない、他の交通機関を考える。それがベストかもしれない。

窓枠に手をつき、ドア越しに話しかけた。

「塊太君、困ったことになった」

「な、直らないの」

「おそらく部品交換をしないと無理だ。置いていこう、あとからピックアップすればいい」

「よし！」

オレたちは案内所に駆け込んだ。窓口の係員に訊ねた。白髪の女性だった。

「すみません、これから仙台に行きたいんですが最寄りの駅はどこでしょう」

「えぇと、ここからだったら愛宕駅ですかね」

「歩いてどのくらいですか」

「歩いてはちょっと……。住民バスが出ていますが」

「バスで十分ほどですか」

「いやぁ、いろんなところを廻りますので、三十分はかかると思いますよ」

「三時までに仙台に行きたいんですが」

案内所の壁時計、針は一時半を示している。「今すぐ乗れば大丈夫ですよね」

「あのう」

途端に声が曇った。「そんなに本数が出ていないんですよ。主に通学のために子供たちが利用する機関なんで」

舌打ちを堪える。

「な、直次郎、タクシーは」

「よし」

オレは、ふたたび窓口に顔を寄せた。

「すみません、タクシー会社の番号を教えていただけませんか」

「これからですか」

「これからです」

「あのう、これから大がかりな野外コンサートがあるんで、出払ってるんです。さっきから問い合わせがあるんですが、なかなかつかまらなくて」

なんてこったい――。オレはなにか言いかけて塊太君のほうを見た。

「はい、塊太です。すみませんがいまどちらでしょうか、え、古川ですか――」

目を疑った。塊太君は携帯を耳に押し当てて、ごく普通に会話をしている。気負いもてらいもなく、要点をまとめて話すさまを、オレは口を開けて見つめていた。携帯のストラップが揺れるたびに光をはじく。小首を傾げた。あんなものついていなかったはずだが――。蟬の声が一気に大きくなった。

窓の外、排気音が勢いよく流れていく。そうとう飛ばしているのは明らかだった。オレはつかまりはしないかと、内心気を揉んだ。

「間に合いますかね、三時までに」

「多分ね。でも夕方だったら危なかったな。泉に入るあたりでめちゃくちゃ混むから」

「助かりました、矢吹さん。なんとお礼を言っていいのか」

「お互い様だよ。なによりも由奈のたっての願いだから」

矢吹は少し声を小さくした。

「えっ」

「電話の会話を聞いて雰囲気を嗅ぎ取ったんだろうな。おにいちゃんを助けてあげて、そう拝まれれば行かないわけにはいかん」

オレは思わず手を合わせた。

「古川にいらしたんですね、道の駅まではどれくらいかかりました？」

「ものの三十分さ。裏道を抜けてきたからね。信号をひとつもくぐらなかった」

「さすが地元」

「仕事柄だ。ガス屋っていうのは時間内にどれだけ配達できるかが勝負なのよ。特に冬。灯油のローリーも任されてるから、雪が降ればとたんに忙しくなる。裏道を知ることが自分を救うことになるのさ」

「ご自宅は近いんですか」

「大崎(おおさき)だ。遠くはない」

ワゴン車は四号線を飛ばしていた。

後部座席では、塊太君と由奈ちゃんがまたぬいぐるみ遊びに興じている。ふたりはよほど心を通わせているようだ。オレはその会話を背中に聞きながら、塊太君の携帯を思い出していた。くくられたストラップはガラス細工の兎で、由奈ちゃんからのプレゼントだった。今まで家族以外に使う当てのなかった携帯は、新しいアドレスを入れた当日に見事活躍した。

オレも携帯をまた持とうか、そんなことを考えていた。旅立つ前に地面に叩きつけてきたのだ。もう家には戻らないと決心したし、学校ともおさらばだとせいせいした。その決意は固かったはずだ。だから今、変化した自分の心境がどこか不思議でもある。

「おかあさん、いつになったら戻ってくるの」

「そうね、今お仕事で外国にいるからそのうち戻るわよ」

「嘘。ずっとずっと帰らないくせに。わたしのことなんて嫌いになったんでしょう」

いつしか話の内容が深刻に変わっていた。ぬいぐるみを介してはいるが、由奈ちゃんは明らかに胸のうちをさらけ出している。沈黙という手段を用い、自分のまわりにバリアーをはった少女は、その鎧を脱ごうともがき始めている。

隣で、唾を飲む音がした。オレはルームミラー越しの、真剣なふたりの顔を盗み見た。

「自分の子供を嫌いな親なんていないよ」

諭すような塊太君の声だ。「みんな、由奈ちゃんのことが好きなんだよ。それだけは本当だ」

塊太君は、馬のぬいぐるみを両手であやつりながら、食い入るように少女に語りかけていた。

*

ボクは必死だった。

訴えたいことはただひとつ。君は愛されている、愛されているんだよ。そのことをわかってほしかった。由奈ちゃんは父子家庭であるに違いない。ぬいぐるみ遊びをするうちにそれはわかってきた。ブーちゃんは、いつしか少女にすり替わり、感情を漏らし始めていた。

由奈ちゃんを励ます一方で、その感情をあまり高ぶらせないように注意を払った。それはボク自身の体験で身をもって理解していた。興奮しすぎたとき、お漏らしをしてしまうことがこれまで何度あったか。近くにトイレがあればいいが、街中だったら悲惨なことになる。公衆の面前で漏らすところを想像すると空恐ろしくなる。だから、由奈ちゃんを心配した。一気に鎧を脱いだとき、その落差に感情がついていけなくなることを恐れたのだ。

由奈ちゃんはぽろぽろ涙を流して抱きついてきた。ボクは小さなその身体(からだ)を抱え込み、背中をゆっくりなでてやった。

「だいじょうぶ、だいじょうぶだよ」

あやすようになで続けると、体温が伝わってきた。そのうち寝息が聞こえてきた。由奈ちゃんは泣いたまま眠ったようだ。

運転しながら矢吹さんが言った。

「もうすぐだぞ。六丁の目だ。ここを右折すればまもなく駅につく」

はい、とボクは答えた。

会場入りしたのは二時四十分だった。

降り立った仙台は、とてもたくさんのビルに囲まれていた。今まで盛岡しか知らなかったから、これほど都会と思わなかった。

駅前のロータリーは枝分かれした歩道橋が架けられており、多くの人波が行きかっている。陽射しはビルの隙間から一直線に漏れている。すこし歩いていくと、通りに大木が一列に植え込まれ、相当の日陰をつくっていた。

クラクションの音、車列のうねり。そうした風景に気圧されながら、ボクは直次郎を見失わぬよう追いかけた。

回転扉の百貨店の六階催事場に到着した。公開声優オーディションの垂れ幕が掲げてある。いったいなにをすればいいのか、もしかして人前であいさつなんかしなきゃならないのか、いけない、薬を忘れてきてしまった。もしも漏らしてしまったら目もあてられない――。

そんな心配に見舞われながら、ボクは受付手続きをする直次郎の横顔を眺めていた。まったくこいつときたらまるで物怖(ものお)じしない。初対面でもいっこうに緊張せずに笑顔をこしらえられる。ボクたちは列の最後尾で順番を待っていたのだが、すくなく見積もっても五十人はいた。並びながら、こんな場所に来たのは間違いではなかったか、と後悔し始めていたが、もう後戻りはできない。

店内がまぶしすぎる。照明だけのせいではなく、白一色の内装がとても冷たく感じられる。無数のひといきれの体温が、気持ち悪い。心を逆なでするかのように押し迫ってきた。

そんなことを考えていると、肩を叩かれた。

「塊太君。受付終わったよ。汗びっしょりだけど大丈夫?」

「……うん」

つとめて平静を装ったが、苦しげな表情を読み取られたかもしれない。

「体調が悪いの?」

ボクは言葉が出なかった。

いざとなると急に怖じ気(け)づいてきた。演芸会の舞台で歌は歌えたが、声優となると話は違う。人前できちんと台詞が言えるだろうか。漏らしたらどうしよう。

迷いが生じていた。人酔いしてしまったせいもあるかもしれない。周囲ではめかしこんだ応募者が笑い声を立てたり、メールを打ったりしている。香水の匂いが冷房に入り混じって襲ってくる。香水は大嫌いで冷房も苦手だ。頭は痛くなってくるし、おしっこは近くなってくるし――。

「あの、ひとつ確認したいんだけど」

直次郎がささやいてきた。「塊太君がここにやってきたのは自分の意志？　それともオレに引っ張られてきたから？」

「えーと」

ボクは言葉に詰まった。たしかにオーディションを受けるとは決めた。しかし、直次郎のプッシュがなければはたしてひとりで来られたかどうか。やると決めたことは事実だが、こうした人混みの中にいるとがんがん頭が痛くなってくる。軽い目まいもする。気持ち悪くなってきた。

指をいじりながら考えあぐねていると、直次郎はため息をついた。そして僕の肩を荒々しく摑(つか)むと、強い力で引き寄せた。

「帰ろ。やる気がないならもう行こうよ」

苛立(いらだ)った直次郎の口調に、ボクの気持ちは固まってしまった。そんな言い方はないだろう。舌を鳴らした。その音が届いたのか、直次郎の顔から笑みが消えた。

ボクたちは無言のままにらみ合った。互いに間合いをはかるように目と目を闘わせていた。

先に言葉を吐いたのは、直次郎のほうだった。

「もう帰ろう。ここは冷やかしできちゃいけない場所なんだぜ。ペガサスになりたくない奴がいてはいけない場所だ」

吐き捨てるとさっさと歩いていってしまった。

「ちょっと待てよ！」

大きな声を出す気はなかったが、吠えていた。周囲の目がこちらに注がれている。

「直次郎！　おいっ」

その姿は非常口の階段に消えかけている。急いで駆け出した。誰もいない踊り場で追いつき、肩をつかんだ。薄暗い場所だった。

「聞こえないのかよ、待てって言ってるだろう」

「うるせぇな、もう知らん」

「ボクがいつ帰るって言った、あぁ？」

「自分の意志がないならなにをやっても無駄なんだよ。オレに引っ張られてきてさ、適当にオーディション受けられても困るんだ。そんなんだったら昼寝してるほうがましさ」

「なんだと」

「あまちゃんにはつきあってられないよ」

「ボクは男だ、馬鹿にするな」

にらみ合いが続いた。

「塊太君」

「なんだよ」

すこしの間ののち、直次郎が言った。

「……由奈ちゃんを思い出せよ。あの子に自慢できる結果を出すんじゃやなかったのかい」

直次郎はかぶりをふりながらたたみかけてくる。「思い出せよ、由奈ちゃんに誓った言葉を！」

ボクはポケットを探り、携帯のストラップを強くつかんだ。冷ややかでなめらかなガラスが指の腹に食い込む。由奈ちゃんは自分の足で歩き始めている。脱皮しようと懸命にもがいている。さっきワゴン車の中でボクは約束したのだ。ふたりで一緒に頑張ろうと——。由奈ちゃんは涙をこらえながら約束してくれた。その顔が目の前にちらついて仕方なかった。塊太、お前に逃げる権利なんざ残されていないんだよ、おい、塊太。

「ボクはペガサスになるんだ。そのために頑張ってきたんだ！」

握った拳に爪を立てて声を張り上げた。

直次郎が突然手をたたき合わせた。そして思い切り表情を和らげ、合格、と言った。

きょとんとしているボクの腕を引いてくる。

「ちょうど一次予選の時間だ、さぁ行こうぜ」

動けずにいるボクに、指で方向をしめした。

「会場はエントランスわきの特設ブースの中だ。もちろん防音はしっかりしている」

オイオイ、と思いながら深呼吸をした。やっと意味が飲み込めた。

「あの、それでボクの出番はいつ？」

「順番だと、三十分後くらいかな」

「よし、じゃあ最後にいつものアレを頼む。勇気をくれ」

ボクは直次郎に目配せし、優勝ごっこをするために屋上への階段に駆けていく。


一次予選の内容はフリー模写だった。

自分の好きなアニメの場面を再生する、というものだった。審査員は三名で、東京のプロダクション関係者らしい。

「それでは次の審査に移ります。北川塊太さん」

「はいっ」

緊張はなかった。長机の上で手を組み合わせている三人にお辞儀をし、ボクは第一声を上げた。

もちろんボクが選んだのは〈ジョジョの奇妙な冒険〉。承太郎が拘置所に入れられているシーンを再現した。間の取り方と息のつぎ方、そして声の張り。喉をひろげたりせばめたり、腹筋を固くしたり柔らかくしたりして三十秒の持ち時間を演じ始めた。内心、こんな簡単なことでいいんだろうか、と思った。てっきり脚本を読み上げるものだと考えていたボクは、あっけなさに拍子抜けした。

ボクの再生法は独特なのだ。まず映像を見なければ頭で再生できない。いきなりアドリブと言われても難しい。お手本を忠実に再現していく手法だから、正直ジョジョ以外の真似はできない。だいたいにしてアニメ自体にそう興味があるわけではない。活字からキャラクターを立ち上げるのは無理だ。いわばボクは再生専用のＤＶＤプレーヤーだ。応用の利かない、それだけの機械なのだ。

身振り手振りでジョジョになりきった。裾のひるがえる学ラン、目深にかぶった帽子からの上目遣い、そうした映像を思い出しながら台詞に強弱をつけていった。

ボクはあることに気づいていた。オーディションで大切なのはオリジナリティだろうと。物まね大会に出るのではない、新人発掘のための大会なのだ。その心配りが実践できなくては話にならない。賭けに出た。ジョジョの声色は封印し、篠崎晴男で演じた。

東京のプロデューサーが篠崎を知るよしもない。すこし毛色の違う、中年のジョジョを演じた。十七歳ではなく、五十過ぎの声だ。

プロデューサーたちは表情を変えなかった。すべったか、と思いかけたがこの際それはどうでもいい。三十秒に全てをかける。一秒たりとも無駄にはしない。完全燃焼するぞ！　瞬く間にベルが鳴って持ち時間は終了した。

ていねいに頭を下げてブースを後にした。直次郎が駆けてきて、どうだった、と訊いた。ボクは、わかんない、とだけ答えた。

エントランスには審査を終えた数十名が待機している。

直次郎によれば一次予選通過者は三十名だという。決勝戦は中央ステージで行われるらしい。ざわめきがおさまらない。参加者それぞれは不安をまぎらわすかのように口を動かし続けている。

ボクと同年代の人が多かった。八割がたが女の子で、とても目を引く格好をしている。原色のミニスカートを穿いたり、夏なのにニット帽をかぶっていたりする。中にはコスプレだろうか、アンブレラに似たスカートを穿いたり、眼帯や包帯をつけた子もいる。世の中さまざまな人がいるものだ。ボクは汗まみれのTシャツと、泥が白くこびりついた自分のジーンズを見下ろして咳払いをするふりをした。

「直次郎」

小声で訊いてみた。「夏なのに、なんであの子毛糸の帽子かぶってんの？　暑くないのかな」

「ファッションだよ、ファッション。暑いとかそういう問題じゃないんだ」

「でも夏に毛糸はあんまりだ、毛糸は」

「塊太君、今は毛糸よりも次のプランを練らないか。そんなに毛糸が好きでもないんだろ」

ボクは渋々頷いた。緊張をまぎらわすため毛糸の話をふってみたが、よけい手に汗がにじんできた。ごしごし尻でぬぐい取った。

「じきに予選通過者発表なんだよ。二次予選はね――」

そのときブザーが鳴った。周囲のざわめきが一斉に失せて、すべての視線がステージに突き刺さった。

ポロシャツ姿、茶髪の司会者がステージに出てきて用紙を読み上げる。

ボクと直次郎は、そのマイクに全神経を集中させた。

＊

電話ボックスが見つかったのは、ビルを出て通りを探しあぐねた十分後だった。これだけ携帯が普及している今、公衆電話を探すのは至難の業だ。てっきり百貨店一階に緑電話があると思ったが、見あたらなかった。インフォメーションに問いあわせたところ、以前はあったが撤去されたとのこと。オレは軽い焦りを覚えた。脇に抱えた岩手ガイドブックを落とさぬよう、回転ドアから飛び出した。

二次予選はもうすぐ始まる。塊太君にはトイレに行くと断ってきた。公開審査は歌だった。表現力を審査するという意味で、課題曲を一番だけ歌うという。一次予選通過者三十名は、別室で原曲のＶＴＲを見せられる。今、塊太君は他の二十九名と共に、モニターの前で課題曲に向かい合っているのだ。

一体なんの曲だろうか。興味があったが、それ以上の不安もあった。参加者は曲を選べない。オファーがあった内容をえり好みできないプロの洗礼というわけか。祈りを込めつつ、オレは足を速めていく。電話ボックスはどこだ？　時間がない。

人混みの中に、目を留めた。赤い枠の電話ボックスだ。中では誰かが話し中だ。オレは扉の前に駆けつけて順番を待った。

体格のいい、髪を盛ったスーツ男が、コードを指でねじり上げながらにやけている。ネクタイはつけていない。その代わり襟元にたくさんのブローチをつけている。胸元には十字架のペンダントがゆれている。オレは無言でその装飾品を睨(にら)んだ。早く終わってくれよ、お前若いのに携帯も持ってないのかよ、そう怒鳴るかわりに足踏みを繰り返した。男と目が合った。オレは額の前で手刀を切った。そのとたんに背を向けてますます受話器を抱え込んだ。

とっさにガラスを蹴りつけていた。思わず足が動いていた。

けたたましくドアが開いて男が飛び出してくる。

「火事です、一一九番！」

その言葉に奴の表情が一変した。オレはすこし声を張り上げて、火事、火事、火事と念押しをした。通行人の何人かが、こちらを見ている。逃げるようにその場をあとにした細身のスーツを目の端にとらえ、オレはボックスに身体を滑り込ませる。岩手ガイドブックを開きにかかる。折れ目をつけたページをさぐりあて、目で確認しながらその番号をプッシュした。

「あ、もしもし――」

*

ここは山の峠道だ。ボクはいつしかひとりの女になっていた。

男を追って訪れた旅路、なぜ女が思い詰めているのか、あれこれ想像した。晴れているのに木陰のせいでたいそう暗い。その狭間（はざま）、光がゆらゆらうごめいて女は瞬（まばた）きを忘れている。ほとばしる岩清水がかすかに聞こえるが、女は呆然（ぼうぜん）と坂を登っている。この先に男が待っているとでもいうのか、足取りをときおりよろめかせながら、着物の裾を乱して進んでいく。女は和装だった。旅姿ではなく、刺繍の入った黒の振り袖だ。こうした山になぜこんな女がいるのだろう。ボクは、もうひとりの自分がその様子を空から見下ろしていることに気づいていた。

　女は眉間に縦皺を二本刻み、唇を噛みしめながら周囲に目を走らせている。男を探しているのだ。恋焦がれる気持ちがそうさせているのだ。男との関係はよくわからないが、人目を忍ぶものであることは間違いない。

　渓流にかかる粗末な丸木橋を越え、つづら折りになった杉並木にさしかかる。女の白足袋は泥にまみれ、帯がほどけかけている。値の張りそうな着物で峠を進む。男は女を捨てて旅立ったのかもしれない。

　やがて女は行く手に小さな祠を見つける。吸い寄せられるように歩み寄り、手を合わせる。思い詰めた顔でなにやら口ごもっている。しばらく祈り続けるが、やがて立ち上がってまた坂を登りゆく。この先に男はいるのだろうか。わずかな望みを胸に、のろのろ歩いていく。いつしか女の手には包丁が握られている。ひたむきな瞳を、追いかけてきた霧が洗う――。

　さきほど鑑賞したＶＴＲは演歌だった。石川さゆりの〈天城越え〉だ。ボクはその歌唱を見ながら、勝手に頭でストーリー映像を組みたてていった。いうなれば空想のＰＶだ。独りぼっちで峠を越える女を瞼に浮かべながら、よしっ、と言いそうになっていた。

この曲は紅白歌合戦で見たことがあるし、なによりもムード歌謡曲とかけ離れてもいない。コツは十分わかっている。

ボクはこの二次選考に駒を進めたとき、確信を得た。主催者が求めているのは技術じゃないということを。物まねや歌のうまい奴ならごまんといる。単に技術が人をとらえるのではない。その奥にある個性という原石を見極めるコンテストだ。

役者の世界を想像する。教科書通りの発声、歌唱法で舞台をつとめる者よりも、独学で演技を編み出した者に客はつくのだろう。ボクは表現者なのだ。そしてこの大会は、夏祭りの余興でもない。プロになるための第一歩、ふるいにかけられた屍(しかばね)を乗り越えた者だけに王冠が与えられる。周囲の二十九人も、目に見えぬところで練習を積んできたに違いない。帰還するための切符は一人にしか与えられない。たった一人しか乗れない救助ヘリを二十九人は待ちわびているのだ。

五分間のＤＶＤが終わると、ヘッドセットをつけたディレクターが説明を始めた。直次郎の言っていたように持ち時間は一分五十秒、一番のみを歌唱する方式だ。ボクを含めた三十名は、パイプ椅子で姿勢を正して聞き入った。

予選通過者たちの反応はさまざまだったが、慌てた様子の者は皆無だった。さすがプロを目指しているだけあって、それなりの自信があるのだろう。この子たちは養成所に通っていたのか、それとも独自に夢を追い続けてきたのか。すくなくともボクのように当日他人に申し込みをされて来てしまったものはいないはずだ。

「これをそれぞれの左胸につけてください」

スタッフが丸いプレートを配ってきた。ボクの受け取ったのは最終番号の〈三十番〉だ。

荒い鼻息でむせかえる控え室、背中に這い上がってきたのはたしかな武者震いだった。

*

電話を終えてボックスを出た瞬間、オレは急に肩を叩かれた。びっくりして振り返る。さっきのスーツ男ではなかった。そこに立っていたのは制服警官だった。

「職務質問なんですけどいいですか?」

「あ、はい」

オレは平静を装って頷いた。

「お名前をお聞かせ願えますか」

もちろん偽名をつかった。ここで黙秘すればやっかいなことになる。穏便に協力するふりをしてやりすごそう。これって任意ですよね、そうたてつけば事態はさらに悪化する。なによりも若い警官だ。昨日今日研修を終えたような顔立ちだが、融通のきかなそうな眉をしている。

「ご住所は」

「北海道です」

「ご旅行ですか」

「ええ、まぁ」

いやな流れになってきた。「すみません、急用がありまして。今仲間が本番直前なんです。早く戻らないと」

「なんの本番ですか」

「オーディションですよ。そこのビルで声優オーディションをしているんですよ」

「お友達の名前を教えていただけますか」

話は終わるどころか、ますます質問が増えていく。もどかしさを押し隠しながら、オレは青森でのことを思い出していた。フェリー乗り場で警官を見つけた。オレは、家出人捜索の手配書を持って待ちかまえていると想像を働かせた。なにくわぬ顔でやりすごしたが、万が一お袋が家出人捜索を届けていれば、保護される可能性は低くない。実際の家出人捜索がどんなふうに行われるかはわからない。勝手な思いこみがひとりあるきしていたものの、捕まるのはごめんだった。

「お友達の名前は？」

オレは目を伏せて押し黙った。

犯罪を犯したわけではないから、やましいことはない。単なる家出だ。だが、ここで見つかれば保護されることになる。どっちみち家には戻るつもりでいるが、あくまでも自力でたどりつくことと決めていた。警察に身柄を保護され、親に迎えに来てもらうのは死んでもいやだった。自分ひとりで旅立ったからには自分ひとりで幕を引きたい。北海道の最北端、礼文島（れぶんとう）で住み込みのバイトをした。その帰り際、ひとりで帰ってみせると誓ったのだった。

だから偽名を使った。もしも本名を名乗って警察が反応すれば一巻の終わりだ。自分は直次郎なんだ、この旅が終わるまでは直次郎のままなんだ、そう言い聞かせた。

「お願いしますよ、お巡りさん。もう始まってるんですよ、本番」

泣き落とし作戦に出たが、警官は用心深かった。

「実は通報がありましてね」

身構えながら言った。「火事だ、とデマをとばしている奴が電話ボックスにいるって」

息が漏れそうになった。いっそ素直に答えて身をゆだねようか、そのかわりオーディションに立ち会わせてほしいと頼むか。心に巣くった後ろめたさが、オレを弱気にさせていた。

「お願いします、もう始まっているんです。オレ、マネージャーなんです」

「まぁ、話は交番で聞きましょう。なに、すぐそこです」

＊

ボクの番が近づいてきた。

今は二十八番の女性が歌っている。次の次だ。舞台の袖で順番を待ちながら、この間ののど自慢大会を思い出していた。不安などない。あれと同じようなものではないか、そして課題曲も演歌だ。もしかしてボクという存在は、直次郎が言うように天才なのではないか、とほくそ笑んだ。

ステージからは客席と、その奥、吹き抜けの二階が見えたが、手すりまで観客は鈴なりだ。もちろん正面の客席も満員だし、予想以上に増えている。それはこの参加者たちの、歌のうまさと結びついていた。これまでの出場者は、予想外に場慣れしていた。そういえば最近の流れとして、声優と歌手を兼ねている例も多いときく。さきほどの控え室で、隣の子たちがそんな会話をしていた。話によれば、ワンマンで東京ドームがすぐソールドアウトになる声優もいるらしい。隣の子たちは声優養成所を経て、今はバイトをしながらボイストレーニングを続けているとのこと、いわばここは百戦錬磨の猛者の集まりだ。そうした中で同じ空気を吸ううち、無性に心が燃えてきた。一次予選通過者は三十名、八割がたが女の子、萎縮することはない。得意中の得意の歌、歌詞もメロディも完璧に頭にたたき込んだ。

ステージのほうで歓声が聞こえた。

ボクは口を開けかけて目をしばたたかせた。その歌声は、今までのどの子よりも声量があった。ニットキャップをかぶった、控え室の隣の子だった。

半身をそらしながら、観客に訴えかけていく。その動作と深みのある声が見事に交わった。

拍手が聞こえてきたが、相当大きな音だった。観客の満足度が一発で聞き取れた。

「それでは次のエントリー、北川塊太さん、どうぞ」

ボクは唾を飲み込むと、ゆっくりステージに歩み出た。

鈴なりの観客は、村ののど自慢大会と比べものにならない。全体を見渡し、表情を無視した。これは一対数百の闘いだ。そのパワーに対抗するにはよほど胆が太くないと務まらない。

伴奏が流れ出し、ボクはマイクを構えた。

イントロを飲み込みながら、女になった自分を想像する。わたしは女、好きな人を追いかけて峠を越える恋女。頭の中でわびしい山の様子が浮かぶのと同時に、歌い始めた。

初めから全力は出さない。素直に手の内は見せない。大切なときほど力を抜いて、観客を導く。喉の調子は万全だ。直次郎もこの会場のどこかでボクを見守ってくれているはずだ。

　怨念を徐々に解放していく。裏切った男への愛と憎しみを、旋律に乗せてじわじわ吐き出していった。

　もうボクの目にはなにも映らなかった。スポットライトが白く燃え始め、観客全体が人形に思えてきた。メロディに魂を乗せる。それははるかな心の叫びだ。ひとりの女の、切なくも哀しい真実だ。

　中盤にさしかかった。ボクは心を全開にした。数百の目が、痛いほど肌を刺す。ゾクゾクする心地よさを覚えていた。この場に居合わせた全員の心を、鷲摑みにしている実感があった。

　サビに入って思い切りシャウト。あぁ、ボクはここにいる。直次郎、見ているか。ボクはこの檜舞台にいるんだよ！

　最後のワンフレーズを絞り出して観客をすこしだけ睨みつけた。ボクに取り憑いた女がそうさせたのだった。

　一瞬周囲が静まりかえり、つぎつぎ観客が立ち上がるのが見えた。誰かが拍手をすると、瞬く間にそれは会場に反響していった。生まれて初めて体験する、スタンディングオベーションだ。

＊

「――つまりこう言い張るんだね？　キミは新人声優のマネージャーだと」

「正確にはデビュー間近の声優ですが」

「言い分はよくわかった。でも本官が知りたいのは火事騒動の真意なんだ」

「だから――さっきから言ってるでしょう、濡れ衣だって」

オレは話題をそらそうと必死だった。家出がばれる心配よりも、塊太君のオーディションに間に合わないことが怖かった。地団駄踏みたい気持ちだった。なんだ、この有様は。ダセぇ。

「なにがダサイんだ、え」

顔を上げると腕組みをした顔があった。

「今日まで練習を積んできたんです。もしオレが間に合わずに審査が滞ったらどうするんですか。事務所に賠償金も支払わなきゃならなくなるし、警察が責任をとってくれるんですか」

一瞬黙ったすきに、身を乗り出した。「お名前を教えてください。あと所属も」

「本官の？」

「ほかに誰がいますか」

「聞いてどうするんですか」

「教えてください。人に名前を聞いておいて自分は名乗らない、そんな常識を警察学校では教えるんですか」

交番の中が静まりかえった。エアコンの送風音だけが弱々しく響いている。

「監察官室にクレームを申し入れます。この派出所の住所も控えましたし」

警官がのど仏をうごめかせた。そのとき突然電話が鳴った。飛び跳ねたように受話器をひったくった警官は、ちいさく呻いた。

「喧嘩ですか？　えっ、ナイフ？　虎屋横丁？」

細切れに漏れてきた単語から、神様が機転をきかせてくれたことを知った。

警官は電話口に慎重に語りかけている。ペンでなにやらメモを取り始めている。オレは後ろ歩きのままゆっくりあとじさり、背中で引き戸を滑らせた。

一気に駆け出した。振り返った灰色の箱の中で、彼は防刃ベストを羽織っているところだった。

＊

「すまねぇ、どうかしてた」

「しゃべるなよ、今救急車を呼んだばかりだから――」

ステージでは二人目の演技が始まっている。いよいよ最終選考、残ったのはボクとニット帽の子、そしてやたら化粧の濃い子とすっぴんの子の四人だった。声優コンテストというから、てっきり台本を読み上げるとばかり思っていた。しかしそれは大きな間違いで、最終審査はシチュエーションのみを設定し、あとは相手役のプロの声優と勝手にストーリーを展開していくという方式だった。

どうもこのコンテストはひと味違う。単なる美声を求めるのではなく、臨機応変な適応力を欲しているらしかった。それはボクにとってこの世でもっとも苦手なものだったが、あれよあれよと勝ち進んでしまった。ボクの出番はまたしてもトリ。他の三人の演技を見てからだから、その分有利といえる。しかしボクは震えていた。二次予選で膨らんだ自信が、みるみるしぼんでいた。正直言ってこの場から逃げ出したい。直次郎がそばにいたら、事情を話して薬を買ってきてもらうところだ。苦しい、どうにかしてくれ！　ボクは見下ろした観客の中に直次郎を探そうとした。当然見つかるはずもなかった。

じっと息をころし、袖幕の向こうを見つめる。ニット帽の子も同じようにまばたきを忘れている。負けたくない、その意志はビンビン伝わってくる。こう話しかけたかった。ボクはもう満足です、ここまできていい思い出ができました、と。

「兄貴、大丈夫かよ」

「すまねぇ、どうかしてた」

「喋るなよ、今救急車を呼んだばかりだから――」

「逃げちまったのか、バイクは。くそ、ナンバーを見逃した」

「大丈夫、怪我はたいしたことない」

提示されたお題目に、ボクは言葉を失っていた。バイクに接触された兄を救助する弟、そのシチュエーションだった。忘れていたものが急に背中に覆い被さった。一気に深い場所に引きずり込まれていく。ボクは手を伸ばす。なにかをつかみかけたが、足首をつかむ力が途方もない。すぐに引っ張られていく。

息をするのも苦しい。しゃがみ込んでぜいぜい喉を鳴らす。止めてくれ、助けてくれ！　声を出そうにも喉が凍り付いてしまう。無理無理、もう限界だ！　あっという間に鼻に泥が詰まる。肺が押しつぶされそうになる。誰か、誰か――。息ができない。ボクは泣いていた。鼻水も流していたようだった。嗚咽を堪えるのが精一杯、膀胱は破裂しそうだ。

後ろで笑い声がした。振り返ったその先で、ニット帽の子が目をそらした。あきらかな蔑みの貌だ。うろたえるライバルを哀れむ薄笑いだ。

完全にフラッシュバックに見舞われていた。兄貴と弟、そして事故。

「足が、足が動かない、おい、痛ぇよ、助けて！」

「兄貴、辛抱だ、ほらサイレンが聞こえてきた」

叫びたかった、世界の輪郭を打ち壊したかった。ごめんなさい、ボクのせいです、たすけてたすけてたすけて。

ブザーが鳴って足音がした。

ぼやけた視界の先で、ニット帽の子の背中が遠ざかっていく。

それでは三番目の審査にうつります、とアナウンスが飛び込んできた。

*

オレは駆けた。腕時計を見ながら人混みをかき分け、会場を目指す。肩がぶつかった。痛い、と悲鳴が上がったがかまわずに駆けた。会場が見えてきた。エスカレーターに飛びつき、駆け上がっていく。

空けてある左側を、一段抜かしで飛び越えていく。右脇に並んだ客が非難めいた言葉を投げかけてきたが、無視した。オーディションは終わったのだろうか、頼む、やっていてくれ！

「おい、てめぇ」

後ろから追いかけてくる気配がある。つかまっている暇はない。六階まではノンストップで走り抜ける。

声はもう追ってこなかった。今の若い子ときたら、という苦言を聞いた。紙袋を二、三、腿で叩いてきた。なんとでも言ってくれ。今のオレに怖いモンなんかないんだよ。

塊太君はうまく勝ち抜いただろうか。そうであってくれ。オレは自分の広げた風呂敷が、うまく彼を包み込んでくれていることだけを願っていた。

六階の掲示板が見えた。もうすぐだ。登り切ったその先、満員の観客越しにステージが照らされている。

観客が息を止めている気配が伝わってくる。

そこに立っている少年は、よれきったTシャツに擦り切れたジーンズ姿で、身じろぎひとつしない。オレは叫びたかった。塊太君の演技は始まっているのか、いないのか？

そのことだけが知りたかった。

＊

――ごめんなさいっ。心がそう叫べと繰り返していた。

ブザーが鳴ったとき、係員がボクを舞台に押し出した。折れそうな心で抵抗しようとしたが、係員はそれを演技の一環と見なしたようだった。事故に遭った兄を見て動揺した弟――。もう演技に入っている。そう彼が誤解したのは〈天城越え〉の印象があまりにも強烈だったためではないか、と思った。

　ボクは自分の爪先を見つめている。もう膀胱はぱんぱんに膨れきって、漏らす寸前だ。完全に舌が固まった。舌だけではなく、腕も、喉も、声も、足も――。身体の中心から末端にかけて痺れが伝わっていく。スポットライトの熱で首筋が熱い。誰か、助けて、助けて。そのうち肩が震えてきた。ボクは涙が落ちないようにするので精一杯だった。

　静かだった会場がざわめきだした。異変を察知されたのだ。演技などではない、偶然で勝ち抜いてきた素人の化けの皮が、今まさに剝がされようとしている。数百人の目にさらされながら、ボクは許しを乞おうとした。

「塊太」

　足下でひと声が響いた。それはボクだけに聞き取れるほどの、ちいさなささやきだったがはっとするような力強さを含んでいた。

　目だけを上げた先、赤シャツが飛び込んできた。目が合った。ボクは自分を疑った。兄貴？　大学院に通っている兄貴が何故ここにいる？　その疑問が心を打ち砕いた。叫んでいた。

「兄貴ーっ！」

　舞台に身を投げ出し、一度だけ床を拳で叩いた。

　ボクは演技を開始した。身体が勝手に動いている。押さえつけていた糸が断ち切られ、ふいに身体が軽くなる。兄貴が来てくれた。その気配に後押しされて、心を固めた。

傍らには相手役の声優がおろおろしている。たしかふたりの進行でアドリブを進めるはずだが、いっさい無視した。

舞台の中央に歩いていく。ここは荒野だ。草一本生えていない、灼熱の岩肌が広がる世界の果てだ。蜃気楼にゆらめく大地に、兄貴は横たわっている。ボクは跪いて水筒の蓋をまわす。水は一口しか残されていない。その全てを兄貴に与えたかった。もう自分はどうなってもいい、兄貴を救うことだけに心をとらわれていた。

兄貴はかすかに笑いながら、罅割れた唇でなにか言おうとする。声は聞き取れない。ボクは泣いていいのかわからずに、目でその意思を推し量ろうとした。兄貴の命の火が燃え尽きようとしている。

かぶりを振りながら、その痩せた身体を抱きかかえる。

何度やっても勝てなかった腕相撲、たくましい筋肉。おい、兄貴、なに寝てるんだよ、ほら、ボクのペガサスにまたがるんだよ、アメリカンワールドに行くんだよ！

ボクは言葉をかけようにも声を失ってしまっている。信じられないほど軽くなったその体重を支えながら、兄貴の目を見た。

〈オマエハワルクナイ〉

大きく口を開けて兄貴が言っていた。

「兄貴、兄貴よう……」

崩れないように膝で身体を支える。たった一人の兄弟を両腕に抱きながら、全身に這い上がってくる震えを堪え続けた。

ブザーが鳴った。

＊

静まりかえっていた会場が、一気に沸いた。

それは今まで見たことのないものを見た、人々の心のあらわれだった。塊太君は涙を拭いながら袖に引っ込んでいった。演技か、そうでないのかは、とうとうわからなかった。

オレは入り口の扉に背中を預けながら、全てのオーディションが終了したのを知った。この数百人の中に、塊太君のお兄さんがいることを強く願った。

お兄さんの携帯番号を知ったのは、田瀬湖をひきあげたあとのコンビニの駐車場だった。観光情報を検索する名目で塊太君の携帯を借りた。そのとき、見えないように住所録をスクロールした。〈兄貴　仙台〉の携帯番号があった。オレは気づかれぬようガイドブックの裏面にそれをメモした。つまり、サプライズをしかけたのだ。塊太君のお兄さんは仙台の大学院に通っていた。それならば手っ取り早い。弟の晴れ姿を一目見て応援してもらいたかった。オレが広げた風呂敷の正体は、お兄さんの観戦だった。電話はすぐに通じた。オレは手短に会場名と、塊太君が一次予選を通過したことを告げた。

この広い会場のどこかで、たったひとりの弟の舞台を見守っていることを、願うしかなかった。

そのときドラムロールが鳴り響いた。

はっとして顔を上げると、壇上に並んでいる四人の出場者をライトが照らしていた。激しく、大きく八の字を描きながら光の波が舞い踊る。その中で唯一の男子がこちらをしっかり見つめていた。

オレは立ちつくした。ドラムのさざ波の中、胸で両手を組み合わせた。

解説

長岡弘樹

吉村龍一さんは「道路(ロード)と労働」の作家である――駄洒落(だじゃれ)めいてしまうが、これがわたしの持論だった。

「だった」と過去形にした点については後で説明するとして、まず吉村さんと「道路」が、わたしの中でどういう経緯で結び付いたのか。そこから簡単に述べてみる。

小説の書き手は、作風によってアウトドア派とインドア派に分類することが可能だろう。作中に出てくる場面が、主に屋外を舞台としているか、それとも屋内なのか。どちらに偏っているかで二分できると思うのだ（もちろん中には、どちらも半々にバランスよく書く作家もいるだろうが）。

この場合、吉村さんが前者のグループに入るのは言うまでもない。対して、わたしはといえば断然後者である。いままでに自分が描いたシーンのうち屋根のない場所を挙げてみろ。そう言われたとき、即座に思い出せる場面は数えるほどしかない。

つまり作風が大きくかけ離れているということだ。そんなお門違いのわたしが、なぜここで本作の解説を担当しているのかといえば、同じ山形県在住という縁で、吉村さんと何度かお会いさせていただいた経験があるからだ。

いまはすっかりサボり癖がついてしまったが、数年前までのわたしは事細かに日記をつけていた。だから吉村さんに初めてお目にかかった日もはっきり分かる。二〇〇五年七月二十四日だ。

「小説家（ライター）になろう講座」という、もはや全国的にも名の知れた創作教室が、山形市で定期的に開かれている。氏との初対面は当該講座に参加した折のことだった。当日の日記を紐解けば、そこには吉村さんの印象が記してある。正直に、そのまま書き写してみよう。こうだ。

「見た目が怖い。だが実に親切な人」

この一行には少々説明を加えなければならない。まず後段の「親切」という点について。

そう、吉村さんは非常に心の温かい方であった（もちろん現在もそれは変わらない）。講座の世話人を務めておられる氏は、初めての参加で右も左も分からないわたしを、笑顔で丁寧に案内してくださった。しかも、講座のあとに設けられていた懇親会の席では、デビューしたばかりでまったくの無名であるわたしの本を、真っ先に買ってくださったのである（わたしはそのとき、あつかましくも、最初の自著『陽だまりの偽り』を数冊持参していた）。

では前段の「怖い」とはどういう意味か。文字どおりの意味である。振り返ってみれば、まったくもって失礼だが、当時のわたしの目に吉村さんは、とても近寄りがたい人物に映ったのだった。

なにしろ偉丈夫である。しかもその巨軀に纏っていたものは鋲を打った黒革のジャケットだった。腰のあたりでチェーンをジャラリといわせていたようにも記憶している。加えて、短く刈り込んだ頭髪。そして口髭に顎鬚。この風貌に威圧されない人は少ないだろう。

ところで、ここからが本題なのだが、このときの吉村さんに「もしかして、ヘルズ・エンジェルス所属の方ですか」と思わず訊ねてしまいそうになったことをいま告白しよう。つまり彼のいでたちが何に似ていたかというと、バイカー・ギャングやモーターサイクル・アウトローといった人たちそのものなのであった。

要するに、氏がいわゆる「バイク乗り」であることは、初対面ですぐに分かったわけである。この瞬間にもう「吉村＝道路」のイメージがわたしの脳内に確立されてしまったのだった。

また別の機会には、吉村さんがお乗りになっている車も拝見したことがある。大きな

SUVで、わたしが彼の愛車としてイメージしていたとおりの車種だったため、妙に嬉しくなってしまったものだ。同時に、吉村＝道路のイメージがさらに強固になったのだった。

次に、吉村さんと「労働」が、わたしの中でどう関係しているかについて述べてみよう。

冒頭に書いたもの以外に、わたしには他にも幾つか小説に関しての持論がある。その一つが（目一杯キザったらしく言ってしまうと）「良い文章の前では、読者は名優になる」というものだ。

ここに一人の優れた役者がいて、例えば焼け火箸を握る演技をしたとする。その後で、彼の掌の温度を計ってみると、実際に普段よりも高くなっているのだそうだ。

本作のページを捲っているうち、そんな話を思い出したのは、読みながら自分が日射病にでもかかってしまったかのような錯覚に陥ったからだ。

読んだのは四月の上旬だった。季節こそもう春とはいえ、拙宅が建つのは東北の地だ、外はまだまだ寒かった。だがそのとき、わたしの皮膚の表面温度は、もしかしたら逆に上昇していたかもしれないのだ。真夏の太陽に焼かれたせいで――。

吉村さんの筆が紡ぎ出す見事な情景描写に、まんまと役者にさせられたわたしは、とりわけ「手仕事シーン」の書き方に唸った。屋台撤収、牛の分娩、ポット苗の植え付け、草刈り……。肉体を駆使する作業の場面が何回か出てくるが、どれもいい。廃品回収の工場シーンなどでは、自分の体が番線で捩じ上げられているかのような臨場感を覚えたものだ。

　自転車の使えそうなパーツを寄せ集め、オリジナルのマシンを完成させる。そんな組み立て作業も、吉村さんは実際にご自分でおやりになったことがあるのではないかと勘繰りたくなるほどだ。いや、これほど描写が巧みだということは、本作に登場した作業のほとんどを、氏は実際に体験なさっているに違いない。

　ある映画の台詞に「誰かの人生を知りたかったら、その人の手を見ることだね」というのがあった。観たのはずいぶん前だが、含蓄のある言葉だな、と感銘を受け、この台詞だけはいまでも記憶している。以来、人の手というものに注目してきたわたしが、いま一番じっくりと観察してみたいのは、誰あろう吉村さんの手なのである。それはきっと使いこまれた手に違いない。

　このように仕事や作業の描写が達者な点については、しかし、わたしは感服こそすれ驚きはしなかった。吉村さんなら当然だと思ったのだ。なぜなら——。

　ここでまた日記を紐解こう。二〇〇八年六月某日だ。たぶんお会いするのが三度目ぐらいのときではなかったかと思う。このときわたしは吉村さんに「どのような作品を書いているんですか」と訊ねた。その問いに対し氏は、はっきりとこう答えたのだ。

「労働者の話です」

その後、これは二〇〇九年の二月だが、デビューなさる前の吉村さんは「小説家（ライター）になろう講座」において自作を提出している。

三十枚強の短編で「葡萄のにおい」と題された作品だ。ここには、校舎の壁にペンキを黙々と一人で塗る作業員が登場する。彼は、あるときは独り塗料まみれになって仕事をし、またあるときは休日にブレザー姿で子供の手を引いている。一人の人物が見せるまったく違う二つの面を描くことで、このペンキ職人はどういう人物なんだろうと思わせる仕掛けの、なんとも心に残る作品である。

働く者の姿を静かに捉えたこの短編を拝読したとき、必然的に、先に聞いた「労働者の話です」との吉村さんの声が思い出された。だからわたしには、氏が労働（それも手仕事といわれる部類の）に深い関心を寄せておられることがよく理解できたのだった。

右のような事情から、わたしにとって吉村さんは「道路（ロード）と労働」の作家なのだ。ところがここに来て、その定義も修正を余儀なくされつつある（だから冒頭で「だった」と過去形にした）。どういうことかというと――。

「旅の目的地が目的なんじゃない。その過程がすべてなんだ」

別のロード・ノヴェルに、そのような一節がある。そうだよな、と頷ける主張だ。旅を主題にした物語の場合、これが基本の形と言っていいだろう。

さて、このテーゼに真っ向から挑戦したのが『真夏のバディ』だ、と言ったらおかしいだろうか。

わたしがそう考えるのは、本作が、ロード・ノヴェルというジャンルの作品にしては珍しく、結末できっちりと「落ちて」いるな、と感じさせるからだ。

終盤では、ある情報を巧みに伏せた書き方をしており、最後には大きなサプライズが待っている。「ラストステージ」で実は何が起きていたのか。この部分のアイデアなどは、ミステリー畑の書き手から見ても十分に優れていると思う。こうなってくると、少々強引だが、本作は一種のトリック小説と言えないこともない。

過程も大事だが、目的地がそれ以上に重要だった——そんな新しいタイプのロード・ノヴェルを創作すること。それが、本作における吉村さんの大きな試みだったのではないかと推察するのだが、いかがだろう。

それは偏った読み方かもしれないが、道路や労働といった要素が、吉村さんにとって得意技の一つに過ぎなかった、という点だけは確かだ。氏の持ち味はもっともっと多彩なのだ。

あらゆる仕事をこなす使い込まれたその両手で、吉村さんは本作のような気持ちのいい、それでいてひと癖ある魅力的な小説を、これからも数多く生み出していくことだろう。

（ながおか・ひろき　作家）

この作品は集英社文庫のために書き下ろされたものです。

吉村龍一の本

旅のおわりは

何もかもがいやになった俺は、家を捨て北海道へ旅立った。出会った大人たちは、誰もが何かを抱えて生きていた。少年の大人への旅路を描く、注目作家の書き下ろし青春ロードノベル。

集英社文庫

集英社文庫　目録（日本文学）

吉田修一　空の冒険
吉永小百合　夢の続き
吉永みち子　女偏地獄
吉村達也　やさしく殺して
吉村達也　別れてください
吉村達也　セカンド・ワイフ
吉村達也　禁じられた遊び
吉村達也　私の遠藤くん
吉村達也　家族会議
吉村達也　可愛いベイビー
吉村達也　危険なふたり
吉村達也　ディープ・ブルー
吉村達也　生きてるうちに、さよならを
吉村達也　鬼の棲む家
吉村達也　怪物が覗く窓
吉村達也　悪魔が囁く教会

吉村達也　卑弥呼の赤い罠
吉村達也　飛鳥の怨霊の首
吉村達也　陰陽師暗殺
吉村達也　十三匹の蟹
吉村英夫　完全版「男はつらいよ」の世界
吉村龍一　旅のおわりは
吉村龍一　真夏のバディ
吉行あぐり　吉行和子　あぐり白寿の旅
吉行淳之介　子供の領分
米澤穂信　追想五断章
米原万里　オリガ・モリソヴナの反語法
米山公啓　医者の上にも3年
米山公啓　医者の出張猶予14ヶ月
米山公啓　週刊医者自身
米山公啓　医者の健診初体験
米山公啓　使命を忘れた医者たち

米山公啓　医者がぼけた母親を介護する時
米山公啓　もの忘れを防ぐ28の方法
米山公啓　命の値段が決まる時
米山公啓　元気でぼけない脳への57のルール
米山公啓　人はどうして痩せないのだろう
隆慶一郎　一夢庵風流記
隆慶一郎　かぶいて候
連城三紀彦　美女
連城三紀彦　隠れ菊(上)(下)
わかぎゑふ　OL放浪記
わかぎゑふ　ばかのたば
わかぎゑふ　それは言わない約束でしょ?
わかぎゑふ　秘密の花園
わかぎゑふ　ばかちらし
わかぎゑふ　大阪の神々
わかぎゑふ　花咲くばか娘

集英社文庫　目録（日本文学）

わかぎゑふ　大阪弁の秘密
わかぎゑふ　大阪人の掟
わかぎゑふ　大阪人、地球に迷う
わかぎゑふ　正しい大阪人の作り方
若桑みどり　クアトロ・ラガッツィ（上）（下）天正少年使節と世界帝国
若竹七海　サンタクロースのせいにしよう
若竹七海　スクランブル
和久峻三　三つ首荘殺人事件 あんみつ検事の捜査ファイル
和久峻三　白骨夫人の遺言書 あんみつ検事の捜査ファイル
和久峻三　京都祇園祭 宵山の殺人 赤かぶ検事の名推理
和田秀樹　痛快！ 心理学 入門編 ―なぜ僕らの心は壊れてしまうのか
和田秀樹　痛快！ 心理学 実践編 ―どうしたら私たちはハッピーになれるのか
和田秀樹　「わたし」の人生 我が命のタンゴ
渡辺一枝　時計のない保育園
渡辺一枝　桜を恋う人
渡辺一枝　眺めのいい部屋

渡辺一枝　わたしのチベット紀行 智恵と慈悲に生きる人たち
渡辺淳一　白き狩人
渡辺淳一　桐に赤い花が咲く
渡辺淳一　麗しき白骨
渡辺淳一　遠き落日（上）（下）
渡辺淳一　公園通りの午後
渡辺淳一　わたしの女神たち
渡辺淳一　花埋み
渡辺淳一　新釈・からだ事典
渡辺淳一　シネマティク恋愛論
渡辺淳一　夜に忍びこむもの
渡辺淳一　これを食べなきゃ
渡辺淳一　新釈・びょうき事典
渡辺淳一　源氏に愛された女たち
渡辺淳一　マイ センチメンタルジャーニィ
渡辺淳一　ラヴレターの研究

渡辺淳一　夫というもの
渡辺淳一　流氷への旅
渡辺淳一　うたかた
渡辺淳一　くれなゐ
渡辺淳一　野わけ
渡辺淳一　化身（上）（下）
渡辺淳一　ひとひらの雪（上）（下）
渡辺淳一　鈍感力
渡辺淳一　冬の花火
渡辺淳一　無影燈（上）（下）
渡辺淳一　孤舟
渡辺淳一　女優
渡辺淳一　仁術先生
渡辺雄介　MONSTERZ
渡辺葉　やっぱり、ニューヨーク暮らし。
渡辺葉　ニューヨークの天使たち。

集英社文庫

真夏（まなつ）のバディ

2015年5月25日　第1刷　　定価はカバーに表示してあります。

著　者　吉村龍一（よしむらりゅういち）
発行者　加藤　潤
発行所　株式会社 集英社
東京都千代田区一ツ橋2-5-10　〒101-8050
電話　【編集部】03-3230-6095
【読者係】03-3230-6080
【販売部】03-3230-6393（書店専用）

印　刷　株式会社 廣済堂
製　本　株式会社 廣済堂

フォーマットデザイン　アリヤマデザインストア　　マークデザイン　居山浩二

ISBN978-4-08-745322-5 C0193